BRANISLAV GJORGJEVSKI
Abseits der Balkanroute
Kurzgeschichten

I0445264

BRANISLAV GJORGJEVSKI

Abseits der Balkanroute
Kurzgeschichten

Aus dem Mazedonischen
von Erika Beermann

Mit einem Nachwort
von
Bernd E. Scholz

Weimar (Lahn) 2016

Die hier veröffentlichten Kurzgeschichten von
Branislav Gjorgjevski (1986 in Skopje geboren) wurden der mazedonischen Öffentlichkeit im
Original erstmals im März 2015 vorgestellt.
Das Buch enthält 23 Geschichten sehr unterschiedlicher Art,
die sämtlich im Mazedonien, überwiegend auch im Skopje
unserer Tage spielen und auf zweifellos originelle, erzählerisch
eindrucksvolle Weise allgemeinmenschliche Themen behan-
deln wie Beziehungskrisen, Bewältigung des Alltags, Kon-
frontation mit dem Gedanken an Auswanderung,
Selbstreflexion, Mord und Selbstmord und immer
wieder auch ganz einfach die Liebe.

© Branislav Gjorgjevski
Severno od sonceto.
Skopje: »Akademski pečat«, 2015
ISBN 978-608-231-150-0

All rights of the German edition
© Bernd E. Scholz Weimar (Lahn) 2016

ISBN 978-3-926385-88-8 (Bernd E. Scholz)

I.

(Antiliebesgeschichten)

Requiem für einen Herbst

Wenn die Erde irgendwann einmal beschließt, aufzuhören sich zu drehen, und die Zeit sich aus Trotz dafür entscheidet zu sterben, dann wird das sicherlich im Herbst sein. In irgendeinem Herbst ... vielleicht diesem ... vielleicht in irgendeinem anderen, in vielen, vielen Jahren. Der Herbst ist eine wunderbare Zeit zum Sterben ... weil der Winter keinerlei Früchte trägt ... und der Frühling noch weit genug ist, um zu beschließen, wiedergeboren zu werden ...

... Es war perfekt, wie ihre Schritte gleichmäßig auf das faule Laub trafen. Vergleiche deine Schritte mit jemandem, und du weißt, wie lange ihr zusammen sein könnt. Die Ihren waren unerklärlich identisch und wie geschaffen füreinander. Erstaunlich war ihre Symmetrie und die Art, wie sie einander beinahe ständig ergänzten. Die Spuren, die sie auf dem schlammigen Boden hinterließen, formten eine Geschichte, die man einzig und allein im Moment ihres Entstehens lesen konnte ... Alles, was nach diesem Moment zurück blieb, waren unvollständige Fußabdrücke, die einem Urteil glichen, für manchen vielleicht auch einem Vermächtnis ... aber niemand verfügte über das Gesamtbild. Doch das war auf dem Boden, und es war schön. Irgendwo weiter oben in dem Luftraum zwischen ihnen schwebte eine recht überzeugende Mischung aus Zufälligkeiten, Reue und zeitweiliger Freude. Es gab keine Worte zwischen ihnen. Nein, diese waren so ungeschickt geformt, dass sie einfach an der kühlen Herbstluft zerfielen ...

»Ich bin deine letzte Chance, dass du noch etwas Vernünftiges im Leben tust.«

Die Gleichgültigkeit, mit der er auf jeden Zug von ihr,

jedes Wort, jeden Gedanken antwortete, war unangenehm. Noch unangenehmer war sein ungeschicktes Nagen an der Unterlippe, das den Worten Einhalt gebieten sollte.

»Irgendjemand liebt dich sicherlich auch jetzt, aber das bin nicht ICH … Und ich werde es schwerlich jemals sein.«

»Aber ich liebe dich.«

»Ja, und? Und welches von meinem Dutzend ICHs liebst du denn, präzisiere das bitte mal.«

»Du bist unrealistisch … Du bist immer ICH … und immer weniger WIR!«

Zuweilen sind Gedanken lauter als Worte. Aber sie sind deshalb nicht stärker. Ja, Worte verletzen, begeistern, kaufen, erobern und enttäuschen. Aber nie bringen sie das in Ordnung, was Taten und Gedanken verdorben haben. Und die Taten der beiden lagen auf dem feuchten Boden irgendwo zwischen dem faulen Laub und den Spuren ihrer Schuhe, Abdrücken ihrer Seelen. Unerklärlich war die Leichtigkeit ihres weiteren Dahinschreitens, mit den gleichen perfekt aufeinander abgestimmten Schritten. Als hätte jener gedankliche Dialog überhaupt nicht stattgefunden, obwohl sie beide wussten, was sie NICHT gesagt und was sie NICHT gehört hatten. Sie fuhren fort, dahinzuschreiten, ohne sich dessen bewusst zu sein und ohne zu überprüfen, dass die Liebe zwanzig Schritte hinter ihnen gestorben war. Es war ihnen auch nicht wichtig, und es störte sie nicht. Es genügte ihnen das, was zwischen ihnen geblieben war, und es spielte keine Rolle, dass die Liebe nicht mehr dort war. Herbst, eine wunderbare Zeit zum Sterben. Selbst die Liebe hatte ihm nicht widerstehen können.

✳ ✳ ✳

Joséphine

Du bist nicht Joséphine. Ich bin auch nicht Napoléon. Aber da schreibe ich Dir nun. Ich weiß im voraus, dass meine Zeilen ganz überflüssig und allzu pathetisch sein werden, aber ich schreibe Dir dennoch. Zuweilen spüre ich, dass es keinen anderen Weg gibt, um zu Dir durchzudringen. Vielleicht werde ich auch so nicht zu Dir durchdringen, aber ich versuche es. Zum wer weiß wievielten Mal schon versuche ich, zwei Welten zu überbrücken, mehrere Himmel zu überfliegen, mit bloß einer Handvoll Sätzen. Und ich weiß, dass es mir nicht gelingen wird. Ich weiß, dass jedes geschriebene Wort morgen als Reue zu mir zurückkommt. Als Schmach. Als Strafe. Du bist nicht Joséphine, und ich bin auch nicht Napoléon. Aber ich schreibe Dir trotzdem, und es ist mir nicht egal. Ich muss sorgfältig aus meinem Strudel von Gedanken wählen und die bedeutendsten aussuchen. Die reichsten. Aber schwerlich gibt es Worte, die für meine Wünsche hilfreich sind. Schwerlich gibt es Sätze, die ausreichen, um die ganze Unruhe um mich her erkennen zu lassen. Ich weiß, dass es vergeblich ist. Ich weiß, dass Du nach dem hier in den psychiatrischen Einrichtungen der Umgebung nach meiner Akte suchen wirst. Ich weiß, dass diese Zeilen weder Anlass noch Folge sein werden, aber trotzdem schreibe ich Dir. Joséphine, ein weibliches Wesen, in Unruhe gewebt. Du weißt nicht, wie oft ich Deinen Namen rufen wollte, die Kehle voller Gift, an Abenden voller Einsamkeit. Und wie oft ich mich in meinem knarrenden Bett herumgewälzt habe, in Erwartung Deines Seufzers nach dem Erwachen in der Frühe.

Und jedes Mal umsonst. Joséphine, ich lebe nicht mehr wie früher. Heute bin ich glücklich, aber nicht mehr als gestern. Heute lebe ich, aber nicht mehr als morgen. Heute … heute will ich Dir schreiben, und morgen will ich alles vergessen. So ist es auch leichter. Glaub diesen Zeilen nicht, meine Liebe. Sie sind erfüllt von verspäteter Aufrichtigkeit und bluten vor Begehren. Glaub solchen Gedanken nicht, sie sind vergiftet. Ich meinerseits muss ihnen glauben. Es sind ja meine. Und ich erlaube niemandem, diese Ruhe zu zerstören, solange ich mit meinen Worten auf dem Weg zu Dir bin. Die Erinnerungen an Dich tun nicht weh. Weh tut es, dass du keine Gegenwart mehr bist. Es tut weh, so wie dein Bild, in fremden Gesichtern gemalt, weh tut. Auch jedes Bett ist genau wie Deines, und jedes Lächeln ist Deins. Und jede Berührung berührt wie Deine, und jeder Blick ist Deiner. Dein sind alle Enttäuschungen und Freuden, die sich in fremden Gesichtern malen. Doch heute geht es mir gut. Heute lebe ich, mit beiden Füßen auf der Erde stehend, und für Momente ein bisschen elend. Aber es ist gut. Es scheint, besser könnte es auch gar nicht sein. Weißt Du, ich schlafe noch immer bei offenem Fenster und eingeschaltetem Licht, in der Hoffnung, dass Du mich dann leichter findest. Kein Tag vergeht, an dem ich nicht nach Dir rufe. Keine Nacht vergeht, in der ich mich nicht nach Dir sehne. Joséphine, Kind sämtlicher bekannten Musen. Zuweilen versinke ich grundlos so in Erinnerungen. Ich rieche abgestandene Gerüche und sehe verschleierte Bilder. Oft erinnere ich mich daran, dass die SONNE ein magischer Ort war, hinter deinen Haarsträhnen verborgen. Nun ist sie nur noch ein gewöhnlicher goldener, irritierender Ball. Der Wind war einmal eine endlos liebkosende Hand. Nun ist er nur noch Staub und ein nervöses Brummen im Ohr. Aber dennoch ist es mir egal. Ich habe begriffen, dass alle Gedanken, wenn man sie lange eingeschlossen hält, nach und nach absterben. Ich habe begriffen, dass alles in diesem Moment des gewöhnlichsten, einfachsten Vergessens liegt. Glaub mir, alle Gedanken werden in einer endlosen Stille versinken, wenn wir es lernen zu vergessen. Und wir werden glücklich auf den Sonnenuntergang zueilen und uns nicht mehr daran erinnern, dass wir einander einmal gehabt haben. Je früher, desto leichter. Leb wohl, Joséphine. Entschuldige diesen Brief, der ganz unnötig war. Verzeih mir diese pathetischen Aneinanderreihungen von Worten. Mir ist völlig klar, dass Worte nichts und niemanden je gekauft haben, niemals. Am wenigsten Dich.

SIND SIE SICHER, DASS SIE IHRE EMAIL LÖSCHEN WOLLEN?

– JA.

IHRE EMAIL WURDE GELÖSCHT. KLICKEN SIE **EMAIL SCHREIBEN**, UM FORTZUFAHREN.

✳   ✳   ✳

Wir und »Fräulein Julie«

Vielleicht besteht das magischste Phänomen im Theater darin, dass, während sich alle auf das konzentrieren, was auf der Bühne geschieht, sie völlig die Dramen vergessen, die sich ihr gegenüber abspielen, auf den Hunderten von Sitzen im Saal. Merkwürdig, ich habe von jeher gefunden, dass die Menschen, die ins Theater gehen und sich fremde Dramen anschauen, nur deshalb dorthin gehen, um ihre eigenen zu vergessen. Doch an diesem Novemberabend dachte ich das nicht. Nein, an diesem Abend ging ich mit zwiespältigen Gedanken ins Theater, die Blicke auf den geschlossenen Vorhang gerichtet, während die Finger nervös auf dem Plüschsitz spielten. Irgendwo in den letzten Reihen. Nebeneinander, aber dennoch so weit voneinander entfernt, so sehr getrennt, jeder in seiner eigenen Vorstellung. Das Ausgehen des Lichts und das Aufgehen des Vorhangs retteten uns vor einem zufällig beiderseitigen Blick und dem Wetteifern, wer das Schweigen länger durchhielte. »Fräulein Julie« von Strindberg. Es hätte keine falschere Zeit geben können und keinen falscheren Ort, es hätte keine unerwünschtere Gesellschaft geben können. Während ich blass zur Bühne hinsah, hallte in meinem Kopf noch immer unser Prolog wider, der sich beim Betreten des Theaters abgespielt hatte. Im Halbdunkel blickte ich unbewusst zu ihrem Gesicht hinüber. Ich bemühte mich, ihre Züge zu unterscheiden, doch es gelang mir nicht. Sie hatten sich zu einer einzigen, ganz unmöglichen Mischung aus Ruhe und Wut gefügt. Aber ihre Augen ... sie leuchteten in dem abgedunkelten Saal, als wollten sie einem zu verstehen geben, dass ihre ganze Seele

11

auf sie übergegangen war. Ich musste meinen Blick abwenden. Ich sah zur Bühne, ohne zu wissen warum. Dort, auf der Bühne, rezitierte Jean einen seiner zahlreichen Monologe. Ich hörte bereits beim ersten Satz auf, ihm zuzuhören. Meine Augen streiften die Bühne, doch die Gedanken waren woanders. Ich floh mit ihnen. Ich floh von dem Sitz und der Reihe, die ich schon vergessen hatte, bevor ich noch Platz genommen. Ich floh vor den leuchtenden Augen neben mir. In Gedanken sprang ich über die Bühne und stellte mir vor, was sich dahinter abspielte. Wie fühlten sich all diese Figuren jedes Mal, wenn sie dort waren? Was ging ihnen durch den Kopf, wenn sie merkten, dass sie in der vorangegangenen Szene einen Fehler gemacht hatten? Zuweilen fesseln mich solche Überlegungen, und die Handlung hinter der Bühne erscheint mir interessanter als die auf ihr. Meine heutige Flucht hatte jedoch ein rasches Ende. Ihre zufällige Berührung meines Knies brachte mich in die Realität zurück, worauf ich mich bemühte, gleichgültig zu bleiben. Wenig später sah ich sie erneut an. Doch nun war ihr Kopf abgewandt, und die linke Hand war zur Faust geballt und lag an ihrem Mund, der abwechselnd bis zur Schmerzgrenze in die Finger biss. Ich wusste, dass sie sich mit diesem Zug alle Worte verbiss, die ihr entschlüpfen wollten. Ich wusste, dass sie eigentlich mich biss. Genauso wie früher schon. Früher aus Leidenschaft, heute aus Wut. Wer mochte wissen, was für Worte sie mir zudachte. Und wer mochte wissen, durch welches Wunder ihre Worte von Fräulein Julie ausgesprochen wurden: »So ist es, schlag mich … trample auf mir herum, ich hab's ja nicht besser verdient … aber hilf mir! Hilf mir, mich von dem hier zu befreien … wenn irgendeine Möglichkeit besteht.« Ich glaube, dass sie meinen auf sie gerichteten Blick bemerkte, denn sie hörte auf, sich auf die Finger zu beißen, und bedeckte ihr Gesicht. Sie begann tief zu atmen und entließ mit jedem neuen Seufzer eine Million Worte in die Freiheit. Ich wollte nicht wissen, wollte es wirklich nicht, was sie dachte. Mir gingen unbewusst ihre Worte von vor nicht ganz einer Stunde durch den Kopf. Worte, die in den schönsten Monolog eingeflossen waren, den ich je gehört hatte: »… Ich bin ziemlich sicher, dass ich nichts mehr zu diesem Thema zu sagen habe. Besonders nicht dir. Alle je gelesenen Bücher, alle je erzählten Geschichten und all die gesungenen Lieder haben nicht gereicht. Na, und auch die ganzen Worte, die ich dir sagen würde, wären nicht genug und vielleicht höchst überflüssig. Aber … also, vor ein paar Tagen habe ich zu Hause geputzt und dabei eine ungeöffnete, fast neue Schachtel Liebe gefunden. Ich hatte niemanden, dem ich sie hätte geben können, deshalb habe ich sie irgendwo im Keller gelassen. Ich habe ja noch nicht einmal diese ganz aufgebraucht, deine. Es sind noch ein paar Stückchen übrig, die auf besondere Gerüche, Bewegungen und Wortfolgen reagieren. Ich werde weiter mit ihnen leben, bis sie sich ganz verbraucht haben. Und bis dahin werde ich trotz all der Erwartungen, die ich nicht mehr habe, und trotz all der Wünsche, die ich getötet habe, versuchen, glücklich zu sein. Da ich jemanden haben werde, um ihm Liebe zu schenken, ohne eine Spur von Hoffnung, sie in Gestalt deiner Silhouette, deiner Stimme und deiner Berührung zurückzubekommen. Ich werde glücklich sein und weiter träumen so wie heute. Ich werde träumen, und meine Träume werden jeden Morgen sterben. Außer denen, in denen du bist. Die werden weiterleben, solange diese Stückchen Liebe noch am Leben sind. Trotzdem hoffe ich, nicht allzu lange.« Ehrlich, ich wusste nicht, was mich mehr aus der Fassung brachte. War es ihr überzeugend trauriger Blick, das ungeschickte Drehen an der Zigarette, während sie sprach, oder jedes verdammt wahre Wort in ihrem Monolog.

»Ich war immer dafür, dass die Liebe zwischen uns siegt. Und siehe da, sie hat endlich gesiegt«, flüsterte ich ihr zu, während sich die Schauspieler vor dem Publikum verbeugten. Ich bezweifelte, dass meine Worte bis zu ihr durchdrangen. Sie war unwahrscheinlich gelassen, während sie applaudierte. Und einmal mehr bedauerte ich, kein selbstgefälliger Bastard zu sein. Ja, die Liebe hatte zwischen uns gesiegt. Deshalb ließ ich sie auch gehen … verließ ich sie. Sie gehörte einfach der ganzen Welt. Nein, ich hatte sie überhaupt nicht verdient. Besonders, weil ich ihr von dieser Welt bloß ein paar alte Träume und einen Haufen unerfüllter Versprechungen schenken konnte.

»Weißt du, wo wir sein können? Dass wir leicht die Spitze der Welt erobern können? Bitte, bitte sag mir einen einzigen Grund, warum ich dich nicht verdiene«, ihre Fragen waren kälter als die feuchte Holzbank gegenüber dem Theater, auf der wir unseren letzten Akt spielten.

»Mach es nicht noch schwerer«, gab ich zurück, ohne sie anzusehen. »Deine Anwesenheit ist zu wenig für meine Entfremdung. Und ich bin zu schwach für deine Träume. Bitte, du weißt ganz genau, was ich sagen will.«

»Ich weiß! Gerade deshalb liebe ich dich ja, du Dummkopf! Aber wieso willst du nicht begreifen …« ihre Stimme begann unter dem Andrang von Tränen zu zittern. »Verstehst du denn nicht … dass wir einzig und allein zusammen existieren können … dass wir uns ohne einander … im … im eigenen Wahnsinn verlieren würden … wie kannst du das nicht verstehen, du verrückter Idiot.«

»Ich verstehe es ja … ich verstehe dich«, antworte ich, während ich sie umarmt hielt. »Ich verstehe dich vollkommen. Jeder muss selbst durch seinen eigenen Wahnsinn hindurchfinden. Deshalb verlasse ich dich ja, du brauchst keinen verrückten Kerl wie mich. Geh nach Hause und mach die neue Schachtel Liebe auf … gib sie jemandem, der sie mehr verdient als ich. Jemandem, der nicht so sein wird wie ich. Jemandem, der nicht so in seiner eigenen Entfremdung gefangen ist wie ich, jemandem, der weiß, was er will, und jemandem, von dem du weißt, wozu er bereit ist.«

Zuweilen ist die in den Regieanweisungen beschriebene Handlung wesentlicher als alles andere und für eine Szene völlig ausreichend. So wesentlich, dass die Dialoge höchst überflüssig sind. So war es auch bei uns. Ungeachtet dessen, was wir alles gesagt hatten, war nur die Handlung wichtig, die wir spielten. Ich ging fort, während sie auf der Bank sitzen blieb. So ging unser letzter Akt zu Ende. Dort, auf der Bank gegenüber dem Theater, fiel der Vorhang über unsere Vorstellung. Eine der vielen, die sich gegenüber der Bühne von »Fräulein Julie« abgespielt hatten. Doch unsere würde sich nicht wiederholen und hatte ein höchst ausgewähltes Publikum. Das ist der Grund, warum die Dramen, die sich gegenüber der Hauptdarbietung abspielen, stärker sind.

* * *

Der Himmel ist alles, was wir haben

»*Dieselben Phrasen, gesagt von verschiedenen Menschen, sind nicht dieselben. Dieselben Phrasen, gesagt von verschiedenen Menschen, berühren uns unterschiedlich. Ebenso wie auch die Blicke nicht dieselben sind. Noch das Lächeln, noch die Berührungen. Die Arten, auf die wir Worte auffassen, Blicke auffangen, Lächeln zurückgeben und Berührungen fühlen, lassen zweifellos LIEBE entstehen.*« Seine Worte strömten leicht dahin unter dem kalten Himmel und versuchten geschickt, jemanden zu überzeugen. Am Ende stellte sich die Frage, ob auch er selber an das glaubte, was er sagte, besonders wenn man berücksichtigte, dass seine Art zu sprechen zum Ziel hatte, das zu treffen, was jemand gegenüber hören wollte.

»*Nein, mein Lieber, Liebe gibt es nicht. Und bring nicht die Begriffe durcheinander. Das, was du da erklärt hast, über die Arten, die Blicke ... all diese Arten führen lediglich dazu, sich zu verlieben, was eine Handlung ist und kein Zustand. Nein, mein Lieber, die Liebe gibt es nicht. Es gibt lediglich den Prozess des Sich-Verliebens, der von dem Moment an beginnt, in dem man all das erkennt, was für einen in einer Persönlichkeit enthalten sein muss. Danach geht er in Gewohnheit über. In eine schlechte Angewohnheit. Und das Ende ist der Moment, wenn man beschließt, diese schlechte Angewohnheit aufzugeben. Und wieder von vorne. Und so das ganze Leben im Kreis herum ... einige Kreise kürzer, einige länger*«, ihre Sätze waren klar und überzeugend. Ihre Stimme gab deutlich zu erkennen, dass sie selbstbewusst hinter jedem ausgesprochenen Wort stand. Dass sie alles, was sie sagte, selbst erfahren und erlebt hatte.

»*Ich werde nie das finden, was ich suche. Ich weiß das, und es tut mir nicht leid. Und ich weiß, dass unser Kreis hier endet. Und es tut mir deswegen nicht leid. Es tut mir nur leid, dass es keinen Sieger gibt. Wie dem auch sei, es war ein Kreis mit Qualität. Obwohl ich einen Ersatz für den Ersatz für den Ersatz von etwas gefunden habe, was ich vor langer Zeit hatte. Nur eine blasse, kaum erkennbare Kopie*«, seine Worte waren mehr an ihn selbst gerichtet, deshalb waren sie ungewöhnlich leise.

»*Keiner findet das, was er sucht, mach dir keine Sorgen, lerne nur, damit zu leben. Sei wie ich. Sieh nach oben und begreife, dass nach alldem der Himmel alles ist, was wir haben. Es gibt keinen schöneren Ort, wohin du die Worte schicken kannst, von denen du nicht willst, dass sie irgendjemand irgendwo hört. Und bald werden wir einen neuen Kreis eröffnen, jeder für sich, jeder mit einem neuen Gegner*«, ihr Rat hatte Gewicht, am meisten wog die Aufrichtigkeit, mit der sie ihn mitteilte.

»*Aber ich habe keinen mehr, dem ich schreiben könnte. Wie groß und gutmütig der Himmel auch sein mag, ihm kann ich nicht schreiben, noch ihm etwas erzählen. Weder eine Geschichte noch eine Beichte.*«

»*Mein Lieber, du brauchst keine Geschichten. Wir waren eine Geschichte, eine schöne Geschichte. Trotzdem, wie dem auch sein mag, wann immer du etwas schreiben willst, sieh zum Himmel auf und schreibe es nieder. Und du musst wissen, dass immer, wirklich immer, am anderen Ende des Himmels, mit einem anderen Blick auf ihn, ich stehen werde. Mir wirst du immer schreiben können*«, ihre Worte hallten in der Luft wider. Sie verstärkten sich mit jedem ihrer Schritte, mit denen sie sich weiter von ihm entfernte.

Die späteren Tage begannen wirklich neue Kreise zu zeichnen. Die späteren Monate schrieb er ihr noch immer nichts, und er würde ihr auch niemals schreiben. Er hatte es ihr an jenem Abend sagen wollen, aber sie war zu früh gegangen. Er hatte ihr sagen wollen, dass es immer jemanden geben würde, dem er schreiben konnte, immer jemanden geben würde, der es lesen würde. Doch er hatte ihr nicht gesagt, dass es niemanden gab, FÜR den er schreiben konnte … , es gab keine und würde offenbar auch keine mehr geben, die ihn dazu inspirieren würde, sich hinzusetzen und ein Dutzend Stunden mit den Gedanken zu verschwenden, mit Tinte und Papier. Jahre später, wenn sie beide etliche Kreise gegeneinander ausgetauscht hatten, würden sie von Zeit zu Zeit zum Himmel aufblicken. Jeder unter seinem Stück schwarzen Laken. Sie würden die verspielten Sterne betrachten und sich an die vergeudeten Tage und Nächte erinnern, sowohl die gemeinsamen als auch die getrennten. Ja, trotzdem war nach alldem der Himmel alles, was sie hatten.

✳ ✳ ✳

Karussell

Es war ein warmer Märznachmittag, in einer Kleinstadt im Landesinneren. Der Schnee schmolz trotzig unter den Angriffen der Sonnenstrahlen und bot dabei ein recht trauriges Bild. Der Frühling eroberte die Tage mit großen Schritten und brachte Frische und die Botschaft mit, dass angenehme Dinge erst noch kommen würden. Die Luft duftete genauso, wie jeder Frühling duftet. Es roch nach Hoffnung, neuen Herausforderungen und neuen Anfängen. So war es auch im Hof eines im Zentrum der kleinen Stadt gelegenen Kindergartens. Er war wie gewöhnlich leer, wie jeden Sonntag, wenn der Kindergarten geschlossen war. In einer Ecke des Hofes stand unerschütterlich eine Figur aus Schnee, die der Sonne Trotz bot und sich weigerte zu schmelzen. Zweifellos war das ein Schneemann, den die Kinder beim letzten Schneefall gebaut hatten. Ein Stückchen von dem Schneemann entfernt stand ein buntes Karussell. Eines von diesen kleinen, die die Kinder laufend in Schwung bringen und dann aufspringen, um die eine oder andere Runde zu fahren. Gegenüber dem Karussell, an eine der Mauern des Kindergartens gelehnt, stand ein ordentlich gekleideter Mann. Er tat beinahe nichts, außer dass er auf das Karussell blickte, während seine Hände mit einer kleinen Schachtel spielten. Für Momente blinzelte er, weil ihm die Sonnenstrahlen direkt in die Pupillen fielen. Nach einiger Zeit löste sich der Mann von der Mauer und ging auf das Karussell zu. Er packte einen der kalten Läufe und brachte das Karussell zum Drehen. Er blinzelte, während sich das kalte Eisen quietschend um seine eigene Achse drehte.

Hinter den geschlossenen Lidern sah er sich selbst vor ein paar Jahren. Er war an eben diesem Platz gewesen und hatte sich auf demselben Karussell gedreht, zusammen mit seiner großen Liebe. Sie waren irgendwie besonders glücklich, sie waren irgendwie trunken vor Freude. Das Karussell beschloss seine Runde, und er öffnete die Augen. Wieder brachte er das Karussell zum Drehen, und wieder blinzelte er. Jetzt sah er hinter den geschlossenen Liedern nur sie. Er hatte eine Fülle von Namen für sie, doch seiner Meinung nach entsprach ihr am meisten der Name Glück. Sie war keine von den Frauen, in die sich alle auf den ersten Blick verliebten. Doch sie war eine von denen, die niemand jemals hätte verlieren mögen. In ihrem Blick lebte die Hoffnung auf ein schöneres Morgen. Ihre Haltung sagte deutlich, dass es nicht wichtig war, ob jemand an irgendjemanden dachte, solange es jemanden gab, der an einen selbst dachte. Dass es nicht wichtig war, mit wem man einschlief, solange man jemanden hatte, mit dem man träumte. Das Karussell blieb erneut stehen, und er tat wiederum das Gleiche. Diesmal sah er sich hinter den geschlossenen Augen wieder mit ihr. Wieder nahm er ihren traurigen Blick wahr, dem er vor einigen Monaten begegnet war. Und es war, als hörte er wiederum ihre Worte, die trösten sollten, dass es so besser sei, dass sie zu ihrer beider Bestem gehen müsse. Wiederum sah er sie, wie sie seine Wohnung verließ, mit zwei vollen Koffern, in die ihre ganze Liebe gepackt war, all ihre Träume und gemeinsamen Pläne. Er schlug die Augen auf, bevor das Karussell still stand. Er blickte sehr konzentriert drein, mit der blauen kleinen Schachtel in den Händen. Er schaute und wünschte sich, sie wäre bei ihm. Um noch einmal vor ihr dahinschmelzen zu können. Noch einmal die Luft von ihren Lippen zu atmen und das Blau ihrer Augen zu stehlen. Er wollte nur noch einmal stolz darauf sein, eine Liebe wie sie zu haben. Nur noch einmal erbeben von ihrer Berührung und sich nur noch einmal wünschen, sie nie entdeckt zu haben. Es gab Tage, an denen das Denken an sie für ihn den einzigen logischen Grund für die eigene Existenz darstellte. Doch es gab auch Tage, an denen das Träumen von ihr ihm als seine dümmste gedankliche Aktivität erschien. Er fragte sich, wie traurig es doch war, dass so viele Menschen von der Liebe träumten, und wie viele Menschen stets die Flucht ergriffen, wenn jemand sie ihnen schenken wollte. Er fragte sich, ob es Sinn hatte, dass er noch immer hier stand. Bevor es ihm gelang, sich selbst eine Antwort zu geben, öffnete er das blaue Schächtelchen und legte es auf das Karussell. Die Sonne verlieh dem Ring einen wunderbaren Glanz. Demselben Ring, den er vor nicht ganz einem Jahr für sie gekauft hatte. Derselbe Ring, der nur einer einzigen Person gehörte, blieb leuchtend auf dem kalten Eisen liegen. Er blieb zurück, um auf dem alten, rostigen Karussell zu leuchten, ein Leuchter ihrer nun bereits erstorbenen Liebe.

＊ ＊ ＊

Unter / zwischen uns

Vielleicht sind meine Siege Zufall, aber dafür sind alle meine Niederlagen detailliert geplant. Pläne sind zwischen uns geblieben … sowohl jemandes Niederlagen … als auch niemandes Siege. Zwischen uns sind Mauern aus Worten geblieben. Wir standen stumm da und sahen sie an, einer vom anderen hoffend, dass jemandes Schweigen stark genug wäre, sie niederzureißen. Zwischen uns … an der Stelle, wo wir zufällig auseinandergingen, an der Stelle, wo unsere Blicke endeten, blieben schwebend die Gedanken zurück. Da sind sie, noch immer dort dickköpfig miteinander streitend, wessen Gedanke als Letzter zurückbleibt. Eben an diesem regnerischen Morgen habe ich, nach Hause zurückkehrend, vollkommen von mir selbst in Anspruch genommen, mit einer entschlossenen Bewegung sämtliche Heftchen, Hefte und Notizbücher hervorgezogen. Ich habe sämtliche prophetischen Geschichten und all meine Zeilen, in denen ich nicht ich gewesen bin, herausgerissen. Ich zerriss sie wütend in möglichst kleine Schnipsel. Ich hatte Angst, dass sich die Geschichten, wenn die Papierstücke so groß blieben, wieder zusammenfügen und zurückkehren könnten. Ich öffnete das Fenster und warf die Papierschnipsel hinaus. Es war ein magischer Augenblick, als das Konfetti einstiger Geschichten verblasste und sich zusammen mit Tausenden von Regentropfen darauf auflöste. Regen … das blieb zwischen uns zurück. In das Trommeln der Tropfen in die Dachrinne versunken, schlief ich unbewusst ein. Nie habe ich besser geschlafen. Und nie bin ich schlechter aufgewacht. Die Wände um mich her waren überfüllt mit zahlreichen

22

Bildern. Es gab fast keinen Zentimeter nackte Wand mehr. Nur Bilder ... unterschiedlich in der Form ... in der Größe. Verschiedene Bilder mit allen möglichen Geschichten. Denselben, die ich in den Regen geworfen hatte. Es verging einige Zeit, bis ich begriff, dass ich nicht träumte. Im Gegenteil, ich gelangte völlig nüchtern zu dem Schluss, dass man zwar Bücher vernichten kann, Geschichten jedoch nicht. Geschichten ... das ist zwischen uns geblieben.

✳ ✳ ✳

Die Gasse mit dem holprigen Kopfsteinpflaster

Sehr häufig erobert der Duft des Herbstes den Raum um mich her. Oft stecke ich mir eine Zigarette an, zu meinem Schutz, in dem Bemühen, es nicht zuzulassen, dass der herbstliche Geruch meine Erinnerungen kontaminiert, sie nacheinander in Form von Bildern, Worten, Klängen und Geschichten hervorruft und natürlich duftet. Auch heute habe ich versucht, mich davor zu schützen, doch vergeblich. Vielleicht war der Duft heute auch gar nicht schuld … wenigstens nicht primär. Während ich meinen Schatten verjagte und so weit wie möglich vor dem Duft des Herbstes floh, blickte ich zufällig auf den Boden unter mir. Der Blick auf das alte, holprige Kopfsteinpflaster der vereinsamten Gasse in der Nähe meines Hauses erschütterte mich dermaßen, dass es mir durch den Zigarettenrauch schien, als flögen sämtliche mit dieser Gasse verbundenen Erinnerungen auf. Ich wusste nicht, wie viele Schritte das Kopfsteinpflaster lang war, doch mit jedem neuen Schritt tauchte eine neue, vielleicht für Momente vergessene Erinnerung auf. Ich erinnerte mich an dieselbe Gasse, dasselbe Kopfsteinpflaster vor zwei, fünf, zehn Jahren. An einen Herbst, regnerischer als heute. An mich selbst, glücklicher als jetzt. An die dünne Reifschicht und die ausgetretenen, glatten Schuhe, die sich damit abmühten, diese ganze rutschige Entfernung zu überwinden. Ich erinnerte mich an den Mondschein, es war Vollmond wie heute, als ich **E** verabschiedete. An das glühendheiße Kopfsteinpflaster vor zwei, fünf, zehn Sommern, während ich unermüdlich dahineilte, irgendwohin, zu irgendwem. An den alten Stumpf eines gefällten Nussbaums, auf den **I** zu steigen pflegte, um größer zu sein als ich. Wie viele Schritte ich doch hier getan habe, und wie unterschiedlich sie untereinander waren. Früher einmal erlebte ich ein Crescendo, wenn ich über das Kopfsteinpflaster ging, und früher einmal waren meine Schritte langsamer als ein Walzer. Früher einmal hallte lautes Kichern von dem Kopfsteinpflaster wider, meines und das von **M**. Und früher einmal teilten wir gemeinsam die Stille, stumm und uns innerlich fragend, WARUM und OB und WANN. Ich entsann mich, wie ich **N** einmal hartnäckig zu beweisen suchte, dass ich nicht schauspielern könne, dass ich es niemals lernen werde. Wie ich **M** davon überzeugen wollte, dass ich mir den Anfang nie selber ausdenke, dass er von selbst aus mir hervorgeht und ich ihn später einfach vervielfältige. Wie ich **I** gestand, dass ich nur schreiben könne, wenn ich unglücklich sei, weil ich das Glück mit anderen Menschen teilte, das Unglück aber mit dem Papier. Wie ich mich mit **E** darüber stritt, dass ich ein Egozentriker sei, weil ich zu häufig das ICH benutze. Wie ich ihr beichtete, dass ICH mich selbst gar nicht verdient habe. Der Spaziergang über das Kopfsteinpflaster dauerte Minuten, vielleicht auch nur Sekunden, die Reise in die Vergangenheit dauerte Jahrhunderte. Zu spät wurde ich mir bewusst, dass ich mich bereits weit von meinem Haus entfernt hatte, genauso, wie der Herbst in diesem Jahr zu spät kam. Genauso, wie ich zu spät begriff, dass ich einige Erinnerungen bereits früher verbraucht haben musste. Als ich mich zu dem Kopfsteinpflaster zurückwandte, warf ich zufällig einen Blick in die Zukunft, in zehn, zwanzig, dreißig Jahren von heute an. In einer Nacht wie dieser, einem Herbst wie diesem und bei einem Mondschein wie dem heutigen würde ich meine Schritte auf dem Kopfsteinpflaster zählen, 325. Und erneut würden die Erinnerungen da aufragen wie kahle Äste. An den heutigen Tag, an meine heutigen Schritte. Ich sehe mich selbst in zehn, zwanzig, dreißig Jahren, wie ich dagegen ankämpfe, mich an heute Abend zu erinnern und an **E**, an **I**, an **M** und an **N** denken zu müssen. Und dann wird der Herbst genauso duften, und die Würfel des Kopfsteinpflasters werden dieselben sein. Auch ich werde derselbe sein und ewig die Bilder des Kopfsteinpflasters betrachten, wie sie vor mir Worte formen, Zeilen, Geschichten und ganze Bücher. Und in tausend Jahren von jetzt an, wenn es meiner Seele vergönnt ist, noch einmal, nur kurz, wirklich nur kurz durch die Welt zu wandern, wird sie am längsten in der Gasse mit dem holprigen Kopfsteinpflaster verweilen. Und dann wird sie jemanden sehen, der mir ähnelt, in einem Herbst und in einer Nacht ähnlich wie jetzt, wie er gegen die sich ihm aufdrängenden Erinnerungen ankämpft. Wie er sich an einige seiner Lieblingsbuchstaben und Lieblingsgestalten erinnert. Wie er sich selbst in den Erinnerungen sucht. Und dann, tausend Jahre ab heute, wird die Erinnerung an diesen Abend, an diese Gasse, unter diesem Mond nicht verblassen. Jemand wird sich bestimmt daran erinnern. Jemandem werden Worte und Taten von mir bestimmt wie eine Erinnerung durch den Sinn gehen. Denn die Erinnerungen sind das, was bleibt, was uns, und sei es auch nur für einen Moment, wieder lebendig macht, obgleich wir die Welt schon längst verlassen haben.

✳ ✳ ✳

Die Welt reicht nicht

Selbst das Atmen fiel mir schwer an diesem Abend. Einem Abend, von dem mir schien, dass er nie zu Ende gehen würde. Die Erde drehte sich einfach zu langsam, und unser Gespräch floss ohne irgendeine Ordnung und Anordnung dahin. Dort, in einer der Ecken unserer Zuflucht. Ein Ort mit dem Blick auf nichts, dem Geruch von Unbestimmtheit, mit grauen Mauern und längst entschwundener Hoffnung.

»Bist du glücklich?« erklang ihre Frage über den halbleeren Gläsern wie alte, nie disharmonische Glocken.

Ich weiß nicht, warum, aber das ist für mich immer die schwierigste Frage. Ich hätte ein WEISS NICHT hervorgebracht wie gewöhnlich, doch das verschüttete GLÜCK-LICH hatte einen so großen Flecken auf dem abgenutzten Tischtuch hinterlassen, dass ich wusste, die beiden Worte würden nicht ausreichen, obwohl ich es wirklich nicht wusste. Ich hatte es noch nie gewusst.

»Was ist Glück? Wie definierst du, wer glücklich ist und wer nicht?« Ich beantwortete eine Frage nie mit einer Frage, ich benutzte die Fragen nur als Einleitung. Nun hatte ich meine Einleitung, also fuhr ich fort. »Wenn Glück das Fehlen von Traurigkeit ist, dann ja, dann bin ich glücklich. Aber wenn Glück das Vorhandensein von Freude ist, dann bin ich leider unglücklich. Siehst du, ich habe weder Traurigkeit noch Freude in mir, deshalb weiß ich nicht, ob ich glücklich bin, zuweilen scheint mir, ich bin's. Aber es gibt Nächte, in denen ich allein mit dem Kopfkissen bin und mich nicht glücklich fühle. Weißt du, man ist nur in den wenigen Minuten wirklich man selbst, wenn der Schlaf kommt. Aber in diesen Augenblicken reicht mir manchmal die ganze Welt nicht aus, um glücklich zu sein. Wenn die Frage ist, ob ich jetzt, in diesem Moment, glücklich bin, dann JA. Ich bin glücklich … aber nicht allzu sehr …«

Schwere Fragen kommen stets paarweise. Ich hatte das schon immer gewusst, deshalb war ich jetzt darauf vorbereitet und ließ mich nicht davon überraschen.

»Und warum schreibst du? Macht dich das glücklich?« Es gibt Fragen, auf die es keine Antwort gibt und die grenzenlos dumm sind. Ja, dies war so eine.

»Ich schreibe, weil ich muss. Ich schreibe nur, wenn ich muss, und nie anders. Wenn ich aufhörte zu schreiben, dann würde ich die Verbindung zu mir selbst verlieren. Und es gibt niemanden, der glücklich ist, wenn er schreibt. Auch ich bin es nicht. Ich bin glücklich, wenn ich mit dem Schreiben fertig bin, wenn ich sehe, dass die Geschichte überlebt hat, dass sie nicht in dem Strudel von Gedanken und Überlegungen verschwunden ist.«

Ihr poröser Blick sagte nichts. Am wenigsten, dass sie verstand, was ich sagte. Dennoch gab ihre unsichere Haltung deutlich zu erkennen, dass alles sehr bald zu Ende sein würde. Hier und jetzt, ohne die Möglichkeit, die Sache wieder ins Lot zu bringen. Wir beide wussten das, und es schien, dass es uns beiden egal war. Ich hätte das Ende aufschieben können, aber ich war zu erschöpft von den Vorspielen. Es tut mir aufrichtig leid für dich … ich hätte das Beste sein können, was dir jemals im Leben passiert ist … Nein, ich setzte den Gedanken nicht in Worte und in eine Mitteilung um. Ich wollte ihn aussprechen, doch ich fühlte ein Brennen auf der Zunge,

so ähnlich wie von einem starken Mentholbonbon. Zum
ersten Mal sprach ich etwas nicht aus. Zum ersten Mal
hatte ich Angst, etwas auszusprechen. Ich weiß nicht,
vielleicht erschreckte es mich, dass der Gedanke tatsächlich
die reine Wahrheit war. Eine der reinsten. Und manche
Wahrheiten sind größer, wenn man sie nicht ausspricht.

* * *

Erzählung nur für einen Leser

Wenn er die niedergeschriebenen Zeilen las, vergaß er jene ungeschriebenen. Wenn er die lauten Gedanken aussprach, vergaß er die lautlosen. Und dort gab es etwas zu lesen und zu sehen. Etwas, das von dem, was ihn umgab, vollkommen verschieden war. Er lief durch all seine Zeilen, durch die Sätze, durch die Jahre wie durch Jahresringe. Er sah sich selbst, was aus ihm geworden war. Jeder Jahresring für jedes Jahr, so wuchsen die Bäume. Jede Geschichte für jedes Jahr, so alterte er. Diese Straße und diese Luft unterschieden sich in nichts von der gestrigen Straße, der gestrigen Luft. Auch er war nicht verschieden von seinem gestrigen Ich, von dem vorgestrigen. Nein, das alles war eine Lüge. Er war schon seit langer Zeit sehr verändert, doch er wollte nicht, dass jemand den Unterschied sah. Er wollte es einfach nicht und hätte das nicht erklären können. Für Momente schien ihm, dass die ganze Welt um ihn her in Schlaf versunken sei. Deshalb schritt er langsam und leise aus, aus Angst, die Welt könne erwachen und ihn dabei ertappen, wie er auf der Flucht vor ihr war. Nein, mit langsamen Schritten konnte man nicht davon laufen. Er war sich selber dessen bewusst, und so lief jeder Versuch auf einen gewöhnlichen Spaziergang hinaus und auf einen erfolglosen Fluchtversuch. Und wie hätte er auch erfolgreich sein können, wenn die ganze Welt tief in ihm verschlossen war.

»Einsamkeit ist Erfülltsein ohne das Bedürfnis, es zu teilen.« Ja, sehr oft zitierte er den Gedanken, den er von jemand Besonderem gehört hatte, irgendwo und, gar nicht so weit zurückliegend, irgendwann. Er hatte das

Bedürfnis, sich daran zu erinnern, weil es wirklich so war. Er war nicht einsam, wirklich nicht. Er wollte nur seine Selbsterfülltheit mit niemandem teilen. Oftmals schloss er sich aus, ohne das Bedürfnis zu haben, irgendetwas mit irgendwem zu teilen, wo auch immer, irgendwo. Es gab Momente der Ermüdung von all den müden Personen um ihn her, von all den sinnlos vergeudeten Worten, dem künstlichen Lächeln und der Leere, den von nichts erfüllten Blicken. Es gab auch Momente, in denen er sich, wenn er durch ihre Straße ging, mit einem Lächeln dabei ertappte, wie er darauf wartete, dass sie ihm zufällig begegnete und sie zusammen irgendwohin gingen, egal wohin. Nein, das war weder Nostalgie noch Sentimentalität noch ein Bedürfnis. Nur ein Wunsch ... dass die Welt ein bisschen Farbe bekäme. Genauso wie der Wunsch, sich in ihren Augen zu spiegeln und dort ein Zeichen der Erlaubnis und der Billigung zu sehen, jedes Mal, wenn er im Zwiespalt war. Ja, das allein würde ihm reichen. Nein, das war keine Sentimentalität. Es war nur ein gewöhnlicher, kleiner, wirklich kleiner Wunsch, sich nach längerer Zeit aufrichtig über jemandes Gegenwart zu freuen.

»Ich würde dein Schweigen nicht für tausend Rufe eintauschen.« Es schien, dass ihn all die neuen Menschen, die tagtäglich auf seiner Bühne, genannt Leben, auftraten, anstatt ihn zu bereichern, immer nur ärmer und ärmer machten. Er verbrauchte sich täglich ... und von Tag zu Tag bedeutete eine neue Figur in seiner Vorstellung immer weniger Gewinn. Er verbrauchte die Plätze in der schlafenden Stadt und ließ keinen einzigen Raum unbesucht, keine einzige Straße unbegangen, kein einziges Glas

ungetrunken. Er verbrauchte die Menschen um sich her. Was war das bloß für eine Heterogenität. Er verbrauchte die Menschen, die er tagtäglich gewann, als schulde ihm die Zeit Geschenke für seine Mühen in der Vergangenheit. Sie verbrauchten sich gegenseitig. Doch es schien, als genieße das niemand wirklich. Weder er mit ihnen, den Menschen, die er als Belohnung erhalten hatte, noch sie mit ihm. Aber wie sollte auch ein Mensch, der zu wenig hat, denen geben können, die zu viel verlangen. Ja, jeden Abend spielte er mit verschiedenen Partnern verschiedene Rollen in verschiedenen Vorstellungen. Und alle endeten gleich. Alle waren bereits vergessen, bevor die nächste begann. So war es auch mit der letzten, bis im Morgen-grauen der Vorhang fiel und sämtliche Akteure die Bühne verließen; er versuchte unermüdlich, jenen Blick der Ermutigung von oben zu finden. Er fand ihn nicht bei ihr, bei der gestrigen Partnerin, Ehefrau, Geliebten, Hure, Freundin. Sie hatte sich eine beliebige Rolle aussuchen können, doch sie würde sie kein zweites Mal spielen. Alles war aus, wenn sie sich auf der Bühne trennten. Mit ihm, ihrem Liebhaber, Ehemann, Freund, perfekten Mann, betrunkenen Bastard oder was sie an diesem Abend gebraucht hatte. Und er ging auf dem Heimweg wiederum diese Straße hinunter, ihre Straße. Und wieder wünschte er sich, sie käme plötzlich vorbei, und sie würden zusam-men fortgehen wie einst ... Nein, da war keine Spur von Nostalgie dabei. Nur ein kleiner, ein wirklich kleiner Wunsch zu fühlen, dass gewöhnliche Straßen manchmal wirklich verzaubert aussahen. Nur manchmal ... und nur dann, wenn neben ihm die richtigen Schritte waren.

✳ ✳ ✳

Eine Nachricht

Gelegenheiten kommen und gehen, doch der Wunsch bleibt für immer. Und die Wünsche sind das, was jemand in Wirklichkeit ist. Auch dieser Tag war voller Gelegenheiten und Wünsche. Die Sonne über den schwitzenden Straßen strahlte Ruhe und etwas Legeres aus, was nur wenige zu sehen vermochten. Auch sie sah es, doch sie überließ sich ihm nicht. Allein auf dem belebtesten Platz in der Stadt sitzend, in der Straße mit Lindenbäumen, versuchte sie vergeblich, ihren Gedanken zu lauschen. Das zu deuten, was vor ihr geschrieben stand. »Du verstehst nicht ... Ich begreife nicht ... Ich ... Ich glaube nicht ...« Sie schaute lange auf diese abgerissenen Sätze, in ungelenker Handschrift auf ein zerknülltes blaues Papier geschrieben. Sie wusste nicht, ob diese Nachricht ihre eigene oder ob sie für sie bestimmt war. Sie wusste überhaupt nicht, ob sie sie abgeschickt hatte oder hätte bekommen sollen. Bei jedem zufälligen Hinsehen veränderte sich die Nachricht. Durch die Reflexionen der Sonne schien es ihr, dass das ICH und DU zuweilen zu einem einzigen Wort verschmolzen – WIR. Und schon beim nächsten Blick, als läse der Wein auf ihren Lippen aus dem ICH und dem DU ein VORBEI. Die Sonne drehte sich beharrlich um ihre eigene Achse und warf dabei zufällig einen Strahl zu ihrem Tisch hin, der dem Wein in ihrem Glas eine ganz ungewöhnliche Farbe verlieh. Doch weder die Sonne noch der Wein konnten ihr dabei helfen, Antworten zu finden. Würde er sich verspäten oder würde sie zu früh gehen? Und wohin ging die Liebe, wenn sie sich aufgebraucht hatte? Löste sie sich in Luft auf oder zog sie einfach zu einem anderen? Die Aussicht von ihrem Tisch aus war schön. Schön war die Welt um sie her. Während sie so allein der Sonne gegenüber saß, mit dem Wein vor sich, da ahnte sie nicht einmal, dass da irgendwo jemandes Gedanken über ihre Schablonen hinwegfegten. Dass ihr Blick jemandes nie Wirklichkeit gewordene wunderschöne Geschichte war. Aber das war irgendwo dort, und sie war hier und jetzt. Eine Entfernung von mehreren tausend Gedanken. Genauso viele, wie sich in diesem Moment in ihrem Kopf befanden. Es war seltsam, wie viele Menschen wussten, wer sie war, und wie wenige sie kannten. Wie viele sich in sie verliebten, doch wie wenige sie wirklich brauchten. Sie konnte das nie begreifen, auch nicht in dieser ganzen Zeit, die sie an dem Tisch in der Straße mit den Lindenbäumen verbracht hatte, mit dem Glas und mit dem zerknüllten Papier vor sich und mit der Ansammlung von Geschichten darin. Die Momente eilten eigensinnig von einem zum anderen und versuchten hartnäckig, sie davon zu überzeugen, den Kreis zu schließen. Sie wusste bereits, dass sie gehen musste. Sie nahm das blaue Papier und steckte es sorgfältig in die Tasche … es war trotz allem ein Teil von ihr. Sie erhob sich von dem lauten, belebten Platz und ging, der Straße mit den Lindenbäumen ein Mal zurücklassend. Ein Glas Wein, das ungeduldig auf irgendeinen anderen Gast wartete, um ihm die Geschichte zu erzählen, die sie ihm geschrieben hatte. Mit sicheren Schritten verließ sie stolz die Straße, während die Welt sie erwartete. Ohne ihre Gegenwart war die Welt auch ein gar zu armseliger Ort.

✳ ✳ ✳

II.

(Fortgehen)

Die Stadt

Jede Stadt ist so groß, wie ihre Lichter reichen. Und die Stadt in dieser Geschichte war wirklich groß. Ihre Lichter sah man von sehr weit. Und Tag für Tag spielten sich unter diesen Lichtern auf verschiedenen Bühnen unterschiedliche Geschichten ab. Wie in jeder anderen Stadt im Übrigen auch. Irgendwo dort am Ende der Stadt, im vollen Mondlicht, standen ganz gewöhnliche Einwohner. ER und SIE oder SIE BEIDE, oder es hätte wer auch immer sein können. In der angenehmen Sommernacht litt er an Herzrasen, verursacht durch zu viel Nikotin. Sie ... sie litt an gar nichts. Wenigstens sah es so aus. Obschon das ungeschickte Trommeln der Finger eine gewisse Nervosität verriet, ihrem Blick war nichts davon anzumerken.

»Nur noch ein Tag«, wandte er sich an sie in der Absicht, das Schweigen zu brechen.

»Ja«, antwortete sie knapp.

»Ich kann es noch gar nicht glauben.«

»Wie fühlst du dich?«

»Ich weiß nicht. Ich fürchte, ich bin trotz allem glücklich, weil ich weggehe.«

»Aha. Obwohl du das gar nicht müsstest. Weggehen.«

»Ich muss. Diese Stadt ist mir schon seit langem zu eng. Und du weißt, dass dies meine letzte Chance ist.«

»Und ich? Was ist mit mir?«

»Du? Wir wissen doch beide, dass du nachkommst. Wir gehören beide nicht mehr hierher. Dir ist doch völlig klar, dass du auch weggehst.«

»Aber was, wenn ich es nicht schaffe? Was, wenn du nicht auf mich wartest? Was, wenn wir in irgendeiner anderen Stadt völlig andere Menschen sind als die, die wir jetzt sind?«

»Sei nicht albern. Wenn mir jemand anbieten würde, bis ans Ende der Welt zu gehen, mit nur einer anderen Person, was glaubst du, wen würde ich da wählen?«

»Ich glaube überhaupt nichts. Ich habe Angst, weiter zu grübeln. Ich habe sogar Angst zu träumen.«

»Ich träume auch nicht. Siehst du, diese Stadt nimmt uns sogar unsere Träume.«

»Manchmal ertappe ich mich dabei, wie ich darüber nachdenke, dass wir hier drei Leben verbraucht haben. Ich weiß nicht, vielleicht sind wir zu früh reif geworden. Und vielleicht hat uns diese Frühreife daran gehindert, das Träumen zu lernen. Und obwohl so viel Leben in diesen wenigen Sekunden Traum liegt, entscheiden wir uns trotzdem leicht für traumlose Nächte. Wir haben die Träume verloren und mit ihnen das Leben. Und ich glaube, es gibt keine größeren Verlierer als uns. Als uns alle, die wir die vergiftete Luft in dieser Stadt verbrauchen.«

»Nein. Wir sind geborene Sieger. Jeder in dieser traurigen Stadt überlebte Tag ist für uns ein Sieg, und jeder neue Morgen eine Schlacht, die wir gewinnen müssen. Und jetzt ist es genug. Deshalb gehen wir weg. Schon morgen.«

»Du bist es, der morgen weggeht! Ich vielleicht später, vielleicht nie, und die Frage ist, ob wir irgendwo wirklich glücklich sein werden. Vielleicht sollte ich auch gar nicht weggehen, ich weiß nicht.«

»Du hast Angst, wegzugehen. Gut, dann hör aber auf, dich zu beklagen, dass wir alle leere Leben leben. Siehst du, auch mir ist alles völlig klar. Und wir können bis morgen früh darüber reden, dass keiner von uns hier etwas schaffen kann, keiner wird sich mit irgendetwas ein Denkmal setzen, was hier gesät wird, daraus geht nichts hervor, doch eines müssen wir uns fragen. Bringen wir uns wirklich ganz ein? Wenn jemand alles zusammennähme und uns wegnähme, bliebe uns dann etwas, von dem wir mit Sicherheit sagen könnten: 'Ja, das sind wir.'? Und das hat nicht das Geringste mit Reife und mit Wachstum zu tun. Alles hat mit diesem verwünschten menschlichen Gen zu tun, das sagt, dass uns nichts reicht. Und auch nie reichen wird. Und wir können diese Unterhaltung ruhig beenden und in ein, zwei Jahren wieder aufnehmen. Und dann werden wir uns beide wieder beklagen, dass uns bloß noch Eines fehlt, um den Kreis des Ausgefülltseins schließen zu können. Und dann wird uns genau wie jetzt die Angst wie ein Anker am Boden festhalten. Und wir werden immer noch Angst haben, unsere Ketten abzuwerfen und zu fliegen. Aus Angst, dass wir irgendwo wieder vor Anker gehen müssen, aber nicht wissen werden wo. Und deshalb habe ich aufgehört, Angst vor dem Fliegen zu haben. Ich weiß nicht, ob ich an dem Ort, an dem ich leben werde, glücklicher sein werde, aber ich werde wenigstens die Chance haben zu versuchen, glücklich zu sein. Mit dir oder ohne dich.«

»Sogar auch ohne mich?«

»Ja, sogar auch ohne dich«, gab er ihr zur Antwort, während er sich eine neue Zigarette ansteckte.

»Dann ist mir alles klar. Ich hätte wissen müssen, dass ich mit dir keine Zukunft habe.«

»Ich kann dir keine Zukunft schaffen. Ich kann nur ein kleiner Teil davon sein. Und an dir liegt es, ob du mir das erlaubst …«

»Es liegt nicht an mir, entschuldige. Du läufst vor mir davon.«

»Mir reicht's. Ich gehe schlafen.«

»Das Beste an dir ist die Leichtigkeit, mit der du Menschen für dich einnimmst. Doch noch viel schrecklicher ist gleichzeitig die Leichtigkeit, mit der du sie enttäuschst. Mach's gut.«

Der Gedanke legte sich völlig gelassen auf die geteilte Stille und die leeren Blicke. Er kannte solche Blicke, solche, die dem anderen zu verstehen geben, dass um einen her niemand ist, selbst wenn einen jemand berührt. Und irgendwie begriff er durch einen solchen Blick endlich etwas, was ihm längst hätte klar sein sollen. Ja, manche Kapitel beenden sich von ihrer Natur her selber. Sie dauern nur kurz und sind besonders schön. Und jeder Versuch dessen, der sie schreibt, sie zu verlängern, würde nur zu einer unverständlichen, langweiligen Lektüre führen, die keiner lesen wollte. Nicht einmal der Autor selbst. Vieles veränderte sich von diesem Abend an. Von da an begann er, an seinen Verhaltensweisen, Einschätzungen und Schlussfolgerungen zu zweifeln. Doch eines stellte er nie in Frage. Er zweifelte nie an der Größe seiner eigenen Verrücktheit. Und hier endete ihre Geschichte. Eine Geschichte, die vielleicht auf irgendeiner anderen Bühne eine Fortsetzung findet. Oder niemals irgendeine Fortsetzung erlebt. Keiner weiß das. Nicht einmal die beiden selbst. Wie dem auch sei, ungefähr zu der Zeit, als diese Geschichte zu Ende ging, fing am anderen Ende, bei den ersten Gebäuden der Stadt, eine neue Geschichte an. Mit zwei anderen ER und SIE.

»Ich kann nicht glauben, dass wir endlich angekommen sind«, sagte er erregt.

»Endlich sind wir hier. Ich bin unbeschreiblich glücklich.«

»Stell dir nur vor, dass wir schon von morgen an hier zu leben beginnen werden. Dass es eine Million Orte gibt, die wir zu erforschen haben, und Tausende von Menschen, die wir kennenlernen müssen.«

»Ich stelle es mir vor«, entgegnete sie mit einem Lächeln. »Ich stelle mir ein neues Kapitel vor. Weißt du, ich fühle mich irgendwie heiter und verjüngt. Unsere Stadt hat uns irgendwie älter gemacht.«

»Unsere frühere Stadt. Jetzt ist dies hier UNSERE Stadt. Und ja ... ich glaube, dass ich schon heute Nacht träumen kann. Etwas, was mir schon lange nicht mehr passiert ist.«

»Ich spüre, dass wir in dieser Stadt eine Zukunft haben.«

»Ich fühle mich ausgefüllt. Ich spüre, dass wir endlich etwas schaffen können. Dass wir wirklich leben werden. Diese Stadt ist schön, so im vollen Mondlicht.«

»Die Welt ist bei Vollmond schön.«

»Gehen wir hinein?«

»Ja! Gehen wir in das, was von jetzt an unser Zuhause sein wird.«

Und sie gingen hinein. In eine kleine Wohnung am Anfang der Stadt, die ihnen Glück, Ruhe und all das andere bieten sollte, das sie in ihrer früheren Stadt nicht gehabt hatten. Und damit war ihre Einführung in die Geschichte beendet. Vor ihnen lagen noch viele Kapitel, verstreut überall auf die Stadt. Es war eine große Stadt.

Ihre Lichter reichten sehr weit, ihre Straßen boten alle möglichen Geschichten. Es war eine große Stadt, oder sie schien einfach so. In Wirklichkeit war sie gar nicht groß. Überhaupt nicht. Keine einzige Stadt ist groß genug, um all die Träume aufzunehmen, die in ihr geträumt werden.

✳ ✳ ✳

Sarah aus der stillen Straße

An einem ruhigen Herbstnachmittag teilten sich die beiden eine stille Straße am Rande der Stadt. In ihren Gesichtern malten sich sämtliche bislang bekannten menschlichen Empfindungen. Ihre Schritte traten langsam und gemessen jeden Meter der stillen Straße ab. Es schien, dass sie nirgendwo hineilten. Warum hätten sie es auch eilig haben sollen, wenn sie beide glaubten, dass es von diesen Spaziergängen noch mehr geben würde und dass sie immer länger sein müssten. Dass sie von jetzt an Jahre und weitere Jahre beieinander wären. Sowohl an solch angenehmen Tagen als auch an viel kälteren, regnerischeren und windigeren. Diese beiden waren einander alles. Es war so offensichtlich, dass sie nie irgendwie das Bedürfnis hatten, das zu beweisen. Sie war für ihn das magischste Etwas, das er in all seinen Lebensjahren gehabt hatte. Unbeschreiblich war die Freude, die er empfunden hatte, als sie in sein Leben trat. Nie zuvor hatte er solche Gefühle gehabt. Er war fast nicht imstande gewesen, sich auch nur vorzustellen, dass irgendjemand solche Gefühle haben könnte, wie er sie für sie hegte. Für ihn war sie eine ganze magische Welt, die sich ihm erst noch erschließen musste. Eine Welt, die ihn so manches Neue lehrte. Eine Welt, die ihn zu einem größeren Menschen machte. Seine Welt heißt Sarah. Und ist ganze fünf Jahre alt. Sarah hat braune Augen und schwarzes Haar. Sie wirft die Wörter ein bisschen durcheinander, doch heute hat sie ein neues Wort gelernt und ist den ganzen Vormittag stolz darauf gewesen. Sarah liebt Musik über alles. Ständig singt sie vor sich hin und rühmt sich, dass sie, wenn sie groß ist, Sängerin wird. Oder Ballerina, solange sie die Noten nicht gelernt hat. Sarah hat neue Schuhe und liebt es, durch die stille Straße zu gehen. Sie ist glücklich, wenn das Wetter schön ist, und traurig, wenn es regnet. Sarah mag am meisten den Morgen. Sie frühstückt gerne früh und geht dann spazieren, mit dem Menschen, der für sie der einzige Superheld ist. Sie ist glücklich, wenn sie Hand in Hand zu irgendeinem neuen Platz gehen. Dann ist Sarah stolz, weil sie den besten Vater auf der Welt hat. Unterwegs überrascht er sie und kauft ihr ein Spielzeug, genau wie heute. Sarah schwört, dass sie ihren Superhelden immer lieben wird. Ihren Vater. Ihr Vater ist genau sechs Mal so alt wie sie. Ihr Vater hat ein blasses Gesicht und schütteres Haar. Und ein Diplom von der Fakultät für Bauingenieurwesen. Ihr Vater wird spöttisch belächelt. Er ist naiv und gutmütig. Seine Exfrau ist wer weiß wo in der Welt. Sie pflegte zu sagen, das Kind sei ein Fehler gewesen. Ein knappes Jahr nach der Geburt ist sie mit dem erstbesten Liebhaber auf und davon gegangen. Ihr Vater blieb zurück, mit einem Scheidungs-urteil, einer Honorartätigkeit und einer Einweisung in den Gebrauch von Windeln. Und von da an hat der Kampf begonnen, den er an jedem neuen Tag zu bestehen hat. Zwei Arbeitsstellen, hohe Rechnungen und eine dunkle Einzimmerwohnung. Und jeden Tag aufs neue. Nimm vom Hohlen und wirf es ins Leere. Ganze fünf Jahre lang. Doch er hatte nie aufgegeben. Zuweilen in die Enge getrieben, schaffte er es wie ein echter Superheld immer wieder, sich zu befreien, um Sarah einen Weg zu bahnen. Was ist das für ein Mann, wenn er sein eigenes Kind nicht ernähren und ihm eine bessere Zukunft bieten kann, dachte er bei sich. Nach einem fast halbstündigen Spaziergang verlangte Sarah, dass sie sich hinsetzen und sich ausruhen sollten, wobei sie fragte, wie weit der Weg noch sei und bis wohin sie gehen würden. In ihrem Blick lag etwas, das darauf hinwies, dass dieser ruhige Nachmittag nicht so schön werden würde. Während sie sich die Antwort ihres Vaters anhörte, schnitt Sarah merkwürdige Grimassen, zog die Schultern hoch und sagte nichts. Auch ihr Vater sagte nichts mehr. Nach fünf Minuten standen sie auf und gingen weiter. Schon bei der nächsten Kurve wurde Sarah wieder fröhlich. Jetzt erkannte sie, dass dies der Weg war, der zum Haus von Oma und Opa führte. Insgeheim glaubte sie, dass ihre Oma ihr auch diesmal wie jedes Mal Ravanija backen würde, diesen leckeren Zitronenkuchen. Und natürlich würde sie ein großes Glas selbstgemachten Pfirsichsaft trinken. Und danach würde sie mit Opa ein Vogelhäuschen bauen. Sie hoffte, dass es auch morgen so wäre, denn ihr Vater trug ihre Tasche, vollgepackt mit Wäsche. Es wunderte sie ein bisschen, dass er so viele Sachen für sie mitgenommen hatte, doch schon im nächsten Moment riss sie sich von der Hand ihres Vaters los und lief auf das Tor zu. Unterdessen wurden die Schritte ihres Vaters schwerer. Er blieb für einen Moment stehen und sah auf seine Armbanduhr. Und dann ging er weiter auf den Hof seiner Eltern zu. Er besprach etwas mit seinem Vater, während Sarah am Brunnen auf dem Hof Wasser trank und zwischendurch aufzuschnappen versuchte, worüber ihr Vater und der Opa redeten. Sie war sich nicht sicher, dass sie alles gehört hatte, doch auf jeden Fall hatte er gefragt: »Papa, und wo wirst du schlafen?« Etwas war mit ihrem Vater passiert. Mit belegter Stimme sagte er ihr, dass er für ein paar Monate fort sein werde. Er werde nicht lange bleiben. Nur bis zum Frühling, dann werde er wiederkommen. Und er erklärte ihr, die Leute seien manchmal wie die Vögel. Auch die Leute gingen manchmal im Herbst weg und kämen im Frühling zurück. Mit dem Unterschied, dass er nach Norden gehe und die Vögel in den Süden. Das sei nichts Schlimmes, tröstete ihn auch sein Vater. Es könnte viel schlimmer sein. Es könnte auch Afghanistan sein. So sei es gut. Sechs Monate auf einer Erdölplattform im Nordmeer, und dann komme er wieder nach Hause. Er werde genug Geld sparen und versuchen, es hier vernünftig anzulegen. Die Umarmung zwischen ihm und Sarah dauerte über zehn Minuten. Nach dem Weinen beruhigte sich Sarah wieder. Sie fing an, ihrem Vater zu glauben, dass er im Übrigen Seemann sei und jetzt hinausfahren müsse. Doch er würde nach einiger Zeit wiederkommen und ihr eine Menge interessanter Sachen mitbringen, die es hier nicht gab. Sie hoffte, wenn sie noch ein bisschen größer würde, auch Seemann zu werden wie ihr Vater, und dass sie dann gemeinsam neue, ferne und interessante Orte besuchen würden. Danach ging Sarah in das bescheidene Haus und bat die Oma um noch ein Glas von dem hausgemachten Pfirsichsaft. Ihr Vater stand noch ein paar Minuten lang vor dem Haus. Unwillkürlich sah er zu den Wolken auf, die die Sonne verdeckten und echten Herbstregen ankündigten. Aus seiner Manteltasche zog er ein Flugticket nach Oslo, zwei Zigaretten und ein Schlüsselbund, auf dessen Anhänger »Sarah« stand. Er drehte es in den Händen und ging sein Gepäck holen. Auf dem Weg pfiff er Sarahs Lieblingslied vor sich hin, wobei er sich selbst fest einredete, er müsse durchhalten. Er müsse die schweren Tage aushalten, die ihm bevorstanden. Wenn schon nicht um seiner selbst willen, dann müsse er das für Sarah tun. Und danach würde er zurückkommen. Und alles würde schöner sein, und alles würde besser sein. Letztlich hörte er nicht auf zu glauben, dass er immer der Superheld-Vater sein würde. Selbst wenn er in den Augen der anderen nichts war als ein erfolgloser Mann.

✳ ✳ ✳

Ein Abschiedsbrief (Leb wohl, meine Stadt)

Trotz allem Schwanken, allen angefangenen und unvollendeten Seiten und sinnlos verschwendeten Augenblicken habe ich begriffen, dass ich Dir einfach schreiben muss. Ich weiß, dass es zu nichts führt, aber sieh, ein Teil von mir verlangt unabweislich danach, dass ich eine Seite oder zwei vergeude, die Dir gewidmet sind. Ich weiß, dass auch Tausende solcher Briefe nichts ändern würden. Und ich bin vollkommen davon überzeugt, dass ich auch hiernach ich sein werde, und Du nicht mehr als das, was Du jetzt bist. Ich erinnere mich überhaupt nicht mehr, wann ich Dich zum ersten Mal meine Liebe genannt habe. Vielleicht war es an einem glühend heißen Julimorgen, als ich Dich mit meinen neun oder zehn Jahren an der alten Bushaltestelle mitten in dem ganzen Getümmel aus Menschen und Autos und dieser Mischung aus Hunderten von Stimmen und Gerüchen entdeckte. Doch vielleicht habe ich Dich auch schon früher liebgewonnen. Dort bei der ausgebleichten, engen Baracke, auf der stand »Gjorče Petrov-Bahnhof«. Ich erinnere mich wie durch einen Nebelschleier, als ich nach mehreren Monaten von einem Ort zurückkam, der mir heute fremd, und einer Sprache, die mir heute unbekannt ist, da erkannte ich in mir selbst, dass Du meine einzige Welt warst. Und noch immer entsinne ich mich des frohen Leuchtens der Augen bei dieser fernen Begegnung. Und meine Liebe dauert … dauerte Jahrzehnte an. Doch was ist heute, meine große Liebe? Geblieben ist eine Unzahl von gemeinsamen Berührungspunkten, eine Unzahl kalter, angenehmer, fröhlicher, trauriger und warmer Nächte, in denen Du und ich, gemeinsam einsam, jeder auf der Suche nach sich selbst waren. Ich habe mich noch immer nicht gefunden, aber Du hast Dich erst richtig verloren. Nein, ich erkenne Dich heute nicht mehr. Heute geht nichts mehr von Dir aus, was mich mit Beben und Begeisterung durch Deine Gegenwart erfüllt. Bei zu vielen Menschen hast Du es zugelassen, dass sie Dich veränderten. Und ich habe es zugelassen, dass Du mir entglitten bist. Immer weniger Augenblicke machen mich glücklich mit Dir. Und ich erinnere mich ... ich erinnere mich, als wäre es gestern gewesen, wie ich Dich nie verlassen wollte, wie ich mir so sehr gewünscht habe, dass das Taxi Kilometer und Kilometer über den Bestimmungsort hinaus führe, um so lange wie möglich mit Dir zusammen sein zu können. All diese Orte, die einmal Glück bedeutet haben, sind heute Friedhöfe von Erinnerungen, bedeckt mit düsteren Gespenstern aus Wellblech, verziert mit Staub und bis zur Unkenntlichkeit verändert. Meine Stadt, früher warst Du Liebe, jetzt bist Du nur noch eine Strafe. Ich hätte mir nicht träumen lassen, dass ich dich einmal verlieren würde. Ich hätte nie gedacht, dass Du dich statt mit mir jetzt mit Barock, Kitsch und Schund abgeben würdest. Meine Stadt, ich habe einmal Dir gehört. Heute lebe ich in Dir, neben Dir her, nur weil es mir so bestimmt ist. Jetzt bist Du nicht mehr Liebe. Jetzt bist Du nur noch eine schlechte Angewohnheit. Eine Angewohnheit, die mich trotz allem dazu veranlasst, mich jedesmal über Dich zu freuen, wenn ich Dich nach längerer Zeit wiedersehe. Und eine Angewohnheit, die mir im nächsten Moment sagt, wie sehr DU nicht mehr DU bist. Meine Stadt, von unserer Liebe ist nur ein bisschen Lächeln zurückgeblieben, verstreut über das Orce Nikolov-Gymnasium, ein Dutzend glücklicher Blicke auf die blühenden japanischen Kirschbäume in der Maxim Gorki-Straße und hundertfaches Grauen vor all diesem Marmor, der alles überwuchernden Bronze und dieser ganzen Mischung von allem, was unvereinbar ist. Meine Stadt, Du hast leichtherzig all das Grün verkauft, in dem ich Dich geliebt habe. Und all die Schritte endlos langer Spaziergänge durch Dich bedeuten jetzt nichts mehr. Nein, ich spüre Dich nicht mehr, ich lebe mechanisch neben Dir her. Im Glanz der einstigen und niemals wiederholbaren Liebe. Meine Stadt, früher warst Du Liebe, jetzt bist du nur noch eine gewöhnliche traurige und verwahrloste Baustelle. Und all jene Kräne hängen wie ein Damoklesschwert über uns und unserer gemeinsamen Existenz. Nein, ich teile nichts mehr mit Dir. Auch all die Erinnerungen, die sich mir eingeprägt haben, existieren nicht mehr. Sie sind dem Ansturm der mächtigen Bulldozer gewichen. Ich würde Dich gern noch einmal in die Arme schließen, bevor ich gehe, aber glaub mir, selbst dafür fehlt mir die Kraft. Ich fürchte, wenn ich mich Dir erneut nähere, dann wirst du mich mit Sentimentalität täuschen und wieder zu Deinem Sklaven machen. Leb wohl, meine Stadt. Dreh Dich nicht nach mir um und bitte mich nicht zu bleiben. Es liegt nicht in meiner Macht, Dich zurückzubringen. Ebenso wie es nicht in meiner Macht stand, all jenen Einhalt zu gebieten, die Dich so sehr geschändet haben. Die Dich aus einer Dame in eine billige Hure verwandelt haben. Leb wohl, meine Stadt. Bitte bewahre mir wenigstens eine einzige Straße unverändert, damit ich einen Ort habe, wo ich verweilen kann, wenn ich zurückkomme ... irgendwann einmal. Bewahre mir zumindest hundert Meter, die mich wenigstens ein bisschen an eine lange und traurige Liebe erinnern werden. Leb wohl, meine Stadt, ich werde mich immer und überall an Dich erinnern, als ein Beispiel dafür, wie ein wunderbares Märchen in einem unerhörten Alptraum zerstört wurde. Leb wohl, meine Stadt …

* * *

Nördlich der Sonne

In der Stille eines kalten Novembermittags, am Ende einer am Ende der Welt gelegenen Stadt, verbrauchten wir bedächtig und friedlich unsere letzten Bissen. Ein kaltes belegtes Brot, das nach Stärkemehl schmeckte, und eine Flasche Trinkwasser. Es vergingen Augenblicke, während wir kauend auf die vor uns geschriebenen Zeilen starrten: »Versuche, vor dem Leben davonzulaufen, und sag, bis wohin du gekommen bist« – drei Reihen weißes Spray, unregelmäßig an dem alten, roten Gebäude gegenüber einem billigen makrobiotischen Restaurant angeordnet.

»Sieh mal, was für ein dummer Gedanke«, sagte die Stimme neben mir.

»Total dumm«, gab ich müde zur Antwort, da ich keine Lust hatte, mich auf eine Debatte einzulassen.

Da ich die Stimme neben mir kannte, hatte ich nicht im Geringsten das Bedürfnis, mich in ein Gespräch welcher Art auch immer hineinziehen zu lassen. Die Stimme neben mir gehörte einem Mann, der meiner Generation angehörte. Einer Generation, die des Träumens müde war. Einer Generation, der es verboten war, an irgendetwas anderes zu glauben außer daran, dass es auch noch schlechter kommen konnte. Einer Generation, der man die Zukunft gestohlen hatte, um an ihre Stelle eine höchst zweifelhafte Vergangenheit zu setzen. Es bestand keine Chance, sich mit solchen Menschen zu unterhalten. Nein, die hatten bereits seit langem jegliche Hoffnung auf bessere Tage verloren. Sie verhielten sich so, als ob sie das Leben verkehrt herum lebten. Als müssten sie es so zurückgeben, wie sie es bekommen hatten. Alles in allem eine schlecht geratene Generation. Von dem kalten Novembermittag flohen meine Gedanken zu einem warmen Junivormittag, vor zehn, fünfzehn Jahren. Wir waren eine vielversprechende Generation. Wenigstens versicherte man uns das. Ich erinnerte mich an jenen Juninachmittag, als wäre es gestern gewesen. Sorglos unter der Sonne, mit großen Plänen in den Taschen, warteten wir unermüdlich darauf, dass das Leben kam, um uns ihm vorbehaltlos hinzugeben. Alles war einfach damals. Wir waren zu jung, um selbst zu entscheiden, aber auch bereits zu erwachsen, als dass Naivität verzeihlich gewesen wäre. Heute sind wir zu alt, um aus unseren Fehlern zu lernen, und nicht reif genug, um sie uns zu verzeihen. Damals hatten wir ein Leben, dem es sich hinzugeben galt. Heute haben wir ein Leben, das es zu überleben gilt. Es zu verschlafen wie einen bösen Traum, der sich jeden Tag wiederholt, wieder und wieder. Von den großen Plänen ist nur der Bedarf eines Stücks Bett geblieben, eines Stücks Brot und einer Person, die um unsere Kinder herumläuft. Aus Interpreten von Hauptrollen, die wir uns selber zugeteilt haben, sind wir zu Statisten in unseren eigenen Leben geworden. Das Leben zerbröselt uns unter den eigenen Füßen. Still und lautlos entschwindet ein Teil von uns nach dem anderen, mit jedem neuen Tag. Bis zu einem solchen Grad sind wir erbärmlich, dass uns nicht einmal ein spektakulärer Untergang gelingt, sondern er vollzieht sich im Gegenteil langsam und armselig. Wir warten beharrlich auf gute Nachrichten, die sich beharr-lich einzutreffen weigern. Wir sehnen uns nach einem besseren Morgen und wissen nicht, dass wir vielleicht nicht einmal ein gewöhnliches MORGEN erleben werden. Wir fahren fort zu träumen, obwohl unsere Träume sich noch vor dem Erwachen verflüchtigen. Ich ließ das Grübeln sein. Ich stand auf und warf die leere Flasche fort. Für einen Moment sah ich zu der unklaren Sonne empor. Sie war so fern, dass jede Erwartung, ihre Wärme könne bis hierher dringen, reiner Wahnsinn war. Ich zog meine wollenen Handschuhe an und begann auszuschreiten.

»Na, dann los. Ein schwerer Asbest ist das hier, verdammt«, wandte sich die Stimme neben mir an mich, und wir liefen zu dem alten, grauen Gebäude. Am Ende der Stadt. Am Ende der Welt. Am nördlichsten von der Sonne.

✳ ✳ ✳

Horizonte

Es gibt Tage, an denen die ganze Welt höchst überflüssig ist. Es gibt auch Tage, an denen die Gedanken beständig entstehen und wieder absterben, ohne sich in Worte zu verwandeln. Wer weiß, was dies für ein Tag war. Ein Tag nach einer schlaflosen Nacht. Es war weder seine erste noch seine letzte gewesen. Es war auch weder der erste noch der letzte Tag mit Alkohol in ihm. Er fand, dass ein Promille Alkohol im Blut nicht bloß nicht schädlich war, sondern in seinem Fall sogar recht nützlich. Genau wie gestern. Genau wie an den Tagen zuvor. Es lag eine gewisse Ruhe in dieser Frühlingsstunde gegen Abend. Mit Blick auf ein altes Schild, auf dem WIRTSCHAFT eingeschnitzt war, mit Blick auf einen anständigen Tisch, auf dem außer dem Bier und dem vollen Aschenbecher auch einige seit langem unverwirklichten Pläne und längst verwehte Erinnerungen an ferne, andere Tage standen.

»Geht's dir gut, mein Junge?«

»Ja, ja«, antwortete er dem Kellner kurz angebunden, weil er ihm keine ehrliche Antwort geben wollte, denn dann hätte er sich mit weiteren, schwierigen Fragen auseinandersetzen müssen.

Stattdessen beschloss er zu bestätigen, dass es ihm gut gehe, obwohl sowohl der Kellner als auch sämtliche Anwesenden ihn mit einem Blick ansahen, der besagte: Oh je, Mensch, du musst einiges durchgemacht haben. Und es war besser so. Warum hätte er erklären sollen, dass etwas nicht Ordnung war, wenn man das an seinem Blick ablesen konnte. Alle, die ihn kannten, glaubten, dass sein Blick Heiterkeit ausstrahlte. Als ob er durch seine Augen sagte, dass er die ganze Welt ihn in sich trug. Dass das ganze Weltall ihm gehörte. Aber heute war kein solcher Tag. Heute hatte er vergessen, einen solchen Blick mitzubringen. Heute hatte er beschlossen, niemanden anzusehen, und es war ihm völlig unwichtig, mit was für einem Blick er das tun würde. Heute war die Welt höchst überflüssig. Selbst diese fünf hinter ihm. Gewöhnliche Männer mit gewöhnlichen Gesprächen. Von Zeit zu Zeit fing er einen Satz aus ihrer Unterhaltung auf, doch er vergaß ihn sogleich wieder:

»Na, es ist doch normal, dass er von hier weggeht, was wundert dich das. Was soll er denn hier? Einen Schreikrampf kriegen?«

Zuweilen begeisterten ihn all diese kleinen Gespräche. Zuweilen wünschte er sich glühend, solche Gespräche wären sein Alltag. Er war sicher, dass die Zeit mit solchen Gesprächen schmerzloser verging. Während er der schräg stehenden, untergehenden Sonne gegenübersaß, wünschte er sich vergebens, die Erde möge sich so schnell wie möglich drehen. Für Momente wünschte er sich sogar, das Leben könnte ihn im Schnelldurchlauf bis an sein Ende bringen. Ihm schien, dass er so leichter überleben würde.

»Ach, was ist denn schon Europa? Die werden da doch überall von Krisen geschüttelt. Mit denen geht es auch noch den Bach hinunter, die werden auch noch ihr Schicksal verfluchen.«

Wenn er sich mit den Menschen befasste, die er kennengelernt hatte, gelangte er zu dem Schluss, dass ihm häufig kleine Fehler bei ihrer Einschätzung unterliefen. Doch es gab auch solche, bei denen er im voraus sicher war, dass sie etwas Besonderes darstellten. Und das taten sie dann auch wirklich. Und vielleicht taten sie es noch immer. Das wusste er nicht. Auch in der vergangenen schlaflosen Nacht war es ihm nicht gelungen, das herauszufinden. Und auch nicht auf dem Hof an seinem Lieblingsplatz. Seine Gesichtszüge verrieten keinen Deut mehr als die Unruhe, die er mit sich herumtrug. Zu seinem Unglück, das er seit jenem Fluch empfand, verließen nahezu alle, denen es gelungen war, bis zu ihm durchzudringen, seine Gestade. Er suchte nach einer Erklärung, doch er konnte keine finden. Abschiede sind ein gewöhnlicher Teil des Lebens. Doch das Fortgehen mancher schmerzt mehr als das der übrigen. Ebenso wie die Gegenwart mancher mehr wert ist als die anderer. Eine Menge besonderer Personen war jetzt wer weiß wo. Manche von ihnen hatte er wirklich ins Herz geschlossen gehabt. Vielleicht wäre es noch immer so. Doch man konnte nicht lange jemanden lieben, der nicht denselben Himmel mit einem teilte. Er empfand in sich die Erinnerungen an sie, doch nach einer gewissen Zeit vergaß er sie völlig. Und am Ende fand er sich in der Situation wieder, dass es niemanden mehr gab, an den er hätte denken können. Und das war äußerst schwer für ihn. Es gibt nichts Traurigeres, als an sich und nur an sich selbst zu denken. Vielleicht hatte er bloß deshalb letzte Nacht nicht geschlafen. Er hatte versucht, an irgendjemanden zu denken, doch es war ihm nicht gelungen.

»Aber das ist ja nicht nur bei uns so. Das ist jetzt der Welttrend, dass sich die Städte und Staaten verändern. Globalisierung.«

Und jedes Weggehen einer besonderen Person nahm auch ein Stückchen von seiner Gegenwart mit fort. Er wurde um ein ganzes Leben ärmer. Ein Leben, das in derselben Form und mit demselben Inhalt jedesmal wieder auftauchte, wenn die Person zurückkam. Nach drei, vier Monaten, nach zwei, drei Jahren. Das war nicht schlimm für ihn. Er musste nur durchhalten, die Zeit zwischen dem Abschied und der Begrüßung überleben. Und er überlebte sie. Und jedes Mal gingen sie vom selben Punkt aus, an dem sie das letzte Mal stehengeblieben waren. Manche von ihnen verändert, er stets derselbe.

»Hier arbeiten nur Huren und Spieler.«

Die Gespräche hinter ihm gingen zu Ende. Es war das Ende eines Treffens gewöhnlicher Akteure, die bald das Lokal verlassen und heimgehen würden. Und dort würden sie ihre Familien erwarten, und keines der Gespräche von hier hätte noch Bestand. Sie würden auf dem Weg zu ihren Heimstätten versiegen, als hätte es sie nie gegeben. Auch er würde nach Hause gehen. Und er würde sich wünschen, dort von niemandem erwartet, von niemandem angesprochen zu werden. Er war jeglichen Redens überdrüssig. Stattdessen würde er sich beeilen, irgendetwas zu schreiben. Zum wer weiß wievielten Mal würde all das, was sich in ihm zusammengewebt hatte, nur auf dem Papier lebendig werden. Und es war ihm nicht wichtig, ob und wann irgendjemand irgendwo etwas von ihm lesen würde. Seine Arbeit war allein damit getan, dass er das, was ihm niemandem zu sagen gelang, zu Papier brachte. Dann war ihm leichter ums Herz. Bis zum nächsten Moment, wenn er wieder nicht würde einschlafen können, weil es niemanden gab, an den er denken konnte.

»Mal sehen … Leber und vier Bier … 340 Denar. Danke. Geht's dir gut, Bran?«

»Ja … früher mal.«

Er blieb noch ein wenig im Hof der Wirtschaft sitzen. Es war kein schlechtes Lokal. Im Gegenteil, es war ganz anständig. Einer seiner letzten Zufluchtsorte. Ein Ort, an dem sich vielleicht die schönsten Momente des vergangenen Jahres für ihn ereignet hatten. Ein Ort, an dem er sich noch ehrlich über jemandes Anwesenheit freuen und sich angenehm von jemandes Worten überraschen lassen konnte. Er ging ganz leise davon. Auf dem Weg versuchte er zu begreifen, warum das Glück sich mit so wenig Worten definieren ließ, im Unterschied zum Unglück.

»Mach's gut. Halt dich tapfer.«

Er schritt weiter in die Nacht hinein, die Schlaflosigkeit verhieß. Eine Schlaflosigkeit, deren Ziel darin bestand, ihm zu zeigen, dass manche Dinge nie zum Abschluss kommen, sondern sich lediglich zyklisch wiederholen. Dass manche Menschen einem weh tun, so wie eine unvollendete Erzählung schmerzt. Dass manche Orte niemals seine sein würden. Und nur in einer solchen Schlaflosigkeit würde er sich zum wer weiß wievielten Mal das Versprechen abnehmen, dass er sämtliche Geschichten, die er verfasst hatte, feierlich vernichten und alle von ihm erdachten Sätze vergessen würde. Und die Nacht würde unaufhaltsam dahinfließen und ihn in irgendeinen neuen Morgen führen, an dem er all seine nicht niedergeschriebenen Gedanken und all seine unausgesprochenen Worte bereuen würde.

✳ ✳ ✳

III.

(Leben und das dazwischen)

Die Geschichte von dem roten Koffer

Es trifft zu, dass ich mir die Zeremonie einer Testamentseröffnung beim Amtsgericht etwas anders vorgestellt
hatte. Doch als erste Testamentseröffnung meines Lebens
war sie völlig in Ordnung. Ich war völlig gelassen, da ich
ganz ehrlich absolut nichts erwartete. Ich wusste nicht
einmal, warum ich anwesend sein sollte, da ich den
Verstorbenen im ganzen Leben kaum zehn Mal gesehen
hatte. Doch mein Name fand sich nun auf der famosen
Liste, der zufolge auch meine physische Anwesenheit
erforderlich war. Der ganze Akt dauerte nicht länger als
eine halbe Stunde. In diesen dreißig Minuten konnte ich
sehen, wie sich Erwartungen zerschlugen, wie Überra-
schungen aufkeimten … wie der Tod von einem tra-
gischen Ereignis zu einer heiteren Vorstellung wurde. Mir
hingegen war das alles völlig unwichtig. Dennoch hörte
ich nach einer gewissen Zeit meinen Namen, und als ich
mich erhob, kam ein Mann mittleren Alters auf mich zu
und überreichte mir einen großen, roten Koffer, abgenutzt
von der Zeit und ausgemergelt von dem ganzen Weg, den
er zurückgelegt hatte. Und ich war sicher, dass er wirklich
einen langen Weg zurückgelegt hatte. Als ich das Gericht
verließ, trug ich den Koffer mit einer unbeschreiblichen
Neugier. Einer Neugierde, die mich bis nach Hause verfolgte und mir hin und wieder zuraunte, ich solle den
Koffer so schnell wie möglich öffnen, obwohl es von
seinem Gewicht her schien, dass nicht mehr darin war als
ein paar Sommerhemden. Lange saßen wir da, meine
Neugierde und ich, und blickten auf den alten, massiven,
abgenutzten Koffer. Dann stand ich auf und schritt rituell

auf den Koffer zu. Es lag Feierlichkeit in diesem Moment. Zum Teufel auch, man machte ja nicht alle Tage eine Erbschaft. Und das von jemandem, von dem man nicht wusste, was er gewesen war, noch wer er gewesen war, noch in welchem Verwandtschaftsverhältnis man zu ihm stand … oder gestanden hatte. Die ganze Erinnerung an diesen entfernten Onkel väter- oder mütterlicherseits, an diesen Opa waren kurze Abfolgen von Erinnerungen … einige Besuche seinerseits, einige Besuche meinerseits auf seinem Gut, wo ich gerade erst so auf Kinderart versuchte, das Leben zu begreifen. Das war alles, was ich von ihm besaß. Lediglich blasse Bilder, Millionen Geschichten, die über ihn erzählt wurden, und diesen alten Koffer. Ich entsann mich einiger alter Gespräche, die meine Verwandten über ihn geführt hatten. Dass er sein ganzes Leben lang auf Reisen gewesen sei, dass er unvorstellbar viel Geld angehäuft habe, dass auf seine Güter sämtliche angesehenen Menschen der Umgebung zu kommen pflegten. Ich entsann mich meines sorglosen kindlichen Herumlaufens auf seinem riesigen Hof, während er mit derselben Sorglosigkeit seine geliebten kurzen Zigarren rauchte und auf die Sonne blickte. Nein, ich konnte es nicht mehr aushalten. Fasziniert öffnete ich den Koffer. Und darin erwarteten mich Dutzende und Aberdutzende von Briefen, in Umschlägen von unterschiedlicher Farbe und Größe steckend, mit unterschiedlichen Nummern versehen. Ehrlich, ich empfand eine leichte Unruhe, als ich den ersten Umschlag ergriff, einen weißen, gekennzeichnet mit der Nummer Eins. Ich empfand diese Unruhe auch noch, während ich ihn öffnete und seinen Inhalt las.

»Lieber B, ich weiß, dass Du überrascht sein wirst, wenn du den Koffer öffnest, und ich weiß, dass Du Dich lange fragen wirst, wer ich bin. Allerdings kenne auch ich Dich nicht. Die letzte Erinnerung an Dich ist, wie Du ein ganz angenehmes und kein bisschen lästiges Kind von acht, vielleicht auch neun Jahren warst. Mit dieser Neugier in den Augen und Naivität in den Worten. Seltsam, doch sieh, selbst jetzt, nach über zwanzig Jahren, denke ich noch immer, dass du noch jenes selbe Kind bist, das vor meinem strengen Blick zitterte. Glaub mir, ich habe einfach nie einen anderen Blick gehabt. Wie dem auch sei … Ich bin Dein entfernter Vorfahr, ich weiß nicht genau was und wer, aber ein Teil unseres Blutes ist identisch. Ich habe diese Familienstammbäume, diese verwandtschaftlichen Verflechtungen und all das nie studieren wollen, es hat mich nicht interessiert. Doch was ich war, ist jetzt nicht mehr wichtig. Viel wichtiger ist es, was Du sein wirst. Ich habe mein Leben gelebt. Manche meinten, dass ich meine Jahre sehr schön verbracht hätte. Ich finde, ich hätte sie auch noch schöner verbringen können, aber nun, wo ich bereits auf das Ende sehe, beklage ich mich trotzdem nicht und bereue ich nichts. Nur weiter, B, packe nur weiter die Geschenke aus, die ich Dir hinterlassen habe. Ich glaube, sie werden Dir gefallen.«

Ich stand einige Minuten lang vor dem Blatt Papier, das mit vollkommenen, schönen Schriftzügen bedeckt war, von denen ich nicht glauben konnte, dass sie von männlicher Hand geschrieben waren. Ich faltete das Blatt sorgfältig zusammen, legte es beiseite und machte mich daran, den nächsten Umschlag zu öffnen, der im Unterschied zu dem vorangegangenen größer und stattlicher war. Aus seinem Inneren zog ich eine alte und teure Krawatte mit einer interessanten Kombination aus Rot und Blau. Eine Krawatte, die seinerzeit tatsächlich viel ausgemacht hatte. Ich widmete ihr nicht allzuviel Aufmerksamkeit, sondern fuhr fort, die Briefe in ihrer numerischen Reihenfolge zu öffnen. Und es reihten sich aneinander: eine Fotografie meines Verwandten mit irgendeiner wunderschönen Frau auf einem Luxusschiff, eine Tabakdose mit goldenen Initialen und der Zahl 1988, zwei Würfel, höchstwahrscheinlich für das Spiel Barbudi, ein wertvoller Federhalter mit einer Flasche Tinte ... Der nächste Umschlag war voller beschriebener Briefbögen. Oh ja, das war in der Tat ein gewichtiger Umschlag. Ich konnte all diese Blätter unmöglich auf einen Zug durchlesen. Dazu würde ich bestimmt mehrere Tage benötigen. Ich ergriff das erste Blatt und begann zu lesen:

»Liebe Ana, heute habe ich wieder die Krawatte angelegt, die ich an dem Tag getragen habe, als ich anfing zu arbeiten. Ich stand vor dem Spiegel und betrachtete mich, hinfällig, wie ich jetzt bin. Es war komisch, das gebe ich zu. Die Krawatte stand mir komisch, und auch das ganze Gesicht darüber war es, während ich mich reckte und Dich über dem Spiegel zu sehen erwartete, wie Du mir ein Zeichen deiner Billigung gabst. Liebe Ana, ich habe letzte Nacht wieder von Dir geträumt ... ich träumte, wie du auf dem Hof hinter unseren Kindern herliefst und mich nervös anschriest, ich hätte sie verzogen. Ich würde ihnen zuviel erlauben, ich wäre zu selten bei ihnen und bei Dir, während ich zahllose Nächte mit Freunden beim Barbudi-Würfeln vergeudete. Aber ist das jetzt wichtig, Ana? Ich weiß, dass es Dir nicht wichtig ist. Doch mir hilft es. Ich habe keinen schöneren Zeitvertreib als diesen, Dir zu schreiben. Es ist schwer, Ana ... in diesen

Jahren niemanden zu haben, der einen zum Schreien bringt. Jemanden, der einem auf die Nerven geht, jemanden, den man ärgern kann, und sei es nur für einen Augenblick oder zwei. Es ist schwer, all diese liebenswürdigen, koketten, kontaktfreudigen und was nicht noch alles Damen zu sehen, wie sie scheinbar meine Gegenwart genießen, und dabei wissen wir alle, was sie erwarten. Aber trotzdem, das ist nicht schlimm. Ich habe mich an die Zeit ohne Dich gewöhnt, ich habe mich daran gewöhnt, mich selbst zu ertragen, selbst wenn ich keinen Grund dafür habe. Ana ... ich werde Dir nicht mehr schreiben. Nicht, weil ich es nicht wollte, sondern weil ich weiß, dass meine Zeit abläuft ... und es reicht auch, wenn Du mich fragst. Nach all diesen Jahren in Sünde, Ausschweifung und Laster hatte ich gar nicht erwartet, so lange zu leben. Wir sehen uns wieder, Ana. Wir sehen uns in einer anderen Welt, wenn Du kommst. Und ich hoffe, dass wir dort alles haben werden, was wir hier zunichte gemacht haben. Dass wir ein wenig besser sein werden, als wir hier gelebt haben. Leb wohl.«

Vielleicht stand ich stundenlang wie versteinert vor dem Koffer. Ich ordnete sämtliche Gegenstände des Koffers, sah mir die Bilder an, lauschte den Worten. In einem Moment begriff ich, dass sämtliche an Ana geschriebenen Briefe nie abgeschickt worden waren. Bestimmt hatte er gar nicht gewusst, wohin er sie hätte schicken sollen. Ich bekam eine Gänsehaut angesichts ihrer Zahl und der in ihnen geschriebenen Worte. Alle strahlten sie eine unwahrscheinliche Aufrichtigkeit aus, gepaart mit bitterer Reue und noch bittererer Erkenntnis. Unbewusst sah ich auf dem Boden des Koffers nach und bemerkte einen sorgfältig und sehr schön verpackten Umschlag. Das war definitiv der letzte. Es stand keine Nummer darauf. Nur ein klein und sorgfältig geschriebenes **Vermächtnis**. Ich beeilte mich nicht mit dem Öffnen. Ich öffnete ihn bedächtig, noch immer erschüttert von all dem, was ich in den wenigen letzten Stunden erlebt hatte. Auf dem Papier war nicht jene schöne Handschrift. An ihrer Stelle standen auf einer Schreibmaschine getippte Lettern:

»Lasse niemals zu, dass Du zu viele Jahre und zu wenig Taten hinter Dir hast.

Lieber B., ich habe mein Leben umsonst gelebt. Ich weiß, dass alle denken, es wäre anders, aber das ist es nicht. Und ich weiß, dass alle gern mit mir tauschen würden. Aber auch ich mit ihnen ... wenn ich es doch nur könnte. Ich weiß, dass mich alle beneidet haben. Um die Orte, an denen ich gewesen bin, um die Frauen, die ich gehabt habe, um all die teuren Autos, Armbanduhren und Häuser. Auch ich habe sie beneidet ... um die Ruhe, in der sie gelebt haben. Um ihre Erben. Um ihre Söhne und Töchter, die sie aufgezogen und erzogen haben, damit sie einmal bessere Menschen würden und damit sie selbst es eines Tages noch erlebten, Enkel zu haben. Ich dagegen lasse nichts zurück. Außer diesem Koffer voll von mir selbst. Und wenn ich dies schreibe, fühle ich mich, als schriebe ich für meinen Sohn. Siehst Du, ich habe keinen näheren Angehörigen, dem ich alles sagen könnte, den ich dazu anhalten könnte, ein besserer Mensch zu werden. Und jetzt versprich mir, dass du innerhalb von zwei Jahren von heute an Deine größte Liebe heiraten wirst. Dass Euer Haus von Kinderlärm erfüllt sein wird, dass Du stolz auf deine Kinder sein und ihnen jeden Tag zusehen wirst, wie sie bessere Persönlichkeiten werden. Glaub mir, dass darin die größte Freude liegt. Versprich mir, dass Du glücklich werden wirst. Das wird mir etwas bedeuten. Und ich versichere Dir: Wenn man glücklich ist, dann ist auch der Tod leichter zu ertragen. In der Innentasche des Koffers sind zwei Bankbelege mit einer Vollmacht auf Deinen Namen. Ich gebe Dir das Geld mit meinem Segen, damit Du es erst dann abhebst und verbrauchst, wenn Dein erstes Kind geboren wird. Sonst auf keinen Fall. Wenn Du es anders machst, dann wird mein Segen zum Fluch werden. Leb wohl, B, leb wohl, und es tut mir leid, dass wir uns nicht besser kennen gelernt haben, doch auch so glaube ich an Dich, und Du bist für mich noch immer jenes ehrliche und naive Kind, das ich das letzte Mal gesehen habe. Leb wohl, B.«

Tausend Gedanken gingen mir durch den Kopf. Die Gefühle wechselten von Trauer zu Lachen, von Freude zu Weinen. Ich wusste nicht, wie sich ein Mensch fühlen muss, der jemandes Leben bekommt, in einen riesigen Koffer gepackt. Am Ende war eines sicher. Von diesem Tag an war ich nicht mehr derselbe. Von diesem Tag an schrieb ich keine Briefe mehr, ohne jemanden zu haben, dem ich sie schicken konnte. Und ich ging auch nicht mehr an Orte, wo ich nicht sein sollte. Auch heute noch, zehn Jahre danach, gibt es Momente, wo ich die Tabakdose mit den goldenen Initialen nehme, mir eine kurze Zigarre anstecke, zur Sonne blicke und meiner Frau zuhöre, wie sie mich nervös anschreit und mich beschuldigt, die Kinder verzogen zu haben. Und dass ich zuviel Zeit damit verbringe, mit den Freunden Barbudi zu spielen.

✳ ✳ ✳

Der Silbersee

Durch Tausende von Regentropfen bahnte ich mir lässig meinen Weg. Die Nacht brach äußerst rasch herein auf dem schmalen, unebenen Pfad, der mich nirgendwohin zu führen schien. Wer weiß, wie viele Kilometer ich hinter mir hatte, bis ich den Wegweiser bemerkte, dass es zu meinem Bestimmungsort nur noch zweitausend Meter waren. Da fiel mir ein Stein vom Herzen, und ich verlangsamte meine Geschwindigkeit derart, dass ich ganz deutlich die Regentropfen hören konnte, die auf das Autodach fielen. Ich hatte den Ort, zu dem ich fuhr, noch nie gemocht, doch an diesem Abend musste ich ihn einfach aufsuchen. Nicht wegen des Ortes, sondern wegen des Menschen, der mich dort erwartete. Eine sonderbare Geschichte waren sowohl er als auch dieser Ort, der Hunderte von Kilometern von jeglicher Zivilisation entfernt lag. Der Silbersee, eine große Pfütze von seltsamer und stets undefinierbarer Farbe. Seinen Namen hatte er von den seltenen Algen bekommen, die einmal im Monat blühten und dem Wasser einen silbrigen Glanz verliehen. Viele glaubten, dass die Algen Heilkräfte besaßen, aber nur dann, wenn man wirklich schwer krank war. Ich glaubte, dass dies zutraf, denn ich kannte einen Mann, der bereits seit drei Jahren dort lebte. Und die Algen halfen ihm tatsächlich. Nur dass er nie das Seeufer verlassen durfte. Wenn er das tat, würde seine unbegreiflich seltene Krankheit ausbrechen, und er würde innerhalb eines halben Tages sterben. Ein verblasstes Schild, auf dem stand »Willkommen am Silbersee« war das Zeichen, das mir befahl, meinen Wagen zu parken und zu Fuß zu den

Hütten am Ufer zu gehen. Und dort zwischen den Simsenblättern und den Weidenstämmen saß mein Freund. Mit entschlossener Erwartung in den Augen verfolgte er die letzten Regentropfen, die an diesem Abend fielen. Wer weiß, woran er dachte, bis er meine Schritte auf sich zukommen hörte. Über drei Monate waren seit unserem letzten Wiedersehen verstrichen. Ich war für ihn einer seiner wenigen Kontakte zur Welt. Für alle Übrigen war er schon seit langem tot. So wollte er es. Er wollte für die Welt tot sein, obwohl er sich nur an dem See versteckt hielt. Ich war bereits bis auf wenige Meter an ihn herangekommen, als er aufstand und mich ansprach:

»Bist du endlich da? Hast du mir Zigaretten mitgebracht?«

Ich antworte ihm positiv und zog eine Schachtel aus der Tasche, in der zwei Zigaretten waren und ein Feuerzeug. Wir steckten die Zigaretten an und blickten schweigend auf den überschaubaren See.

»Ist alles bereit?« fragte er mich, ohne den Blick vom See zu wenden.

»Ja«, antwortete ich und warf die halb gerauchte Zigarette fort.

Danach gingen wir in die Hütte und fingen an, die überall herumliegenden Sachen einzupacken. Darunter gab es Tausende hingeworfene Blätter, alle in einem unerklärlichen Chaos angeordnet, doch trotzdem jedes an seinem Platz. Ein Dutzend schmutzige Teller, alte Kaffeeschälchen, eine ungeölte Schreibmaschine, zwei Wanduhren mit Leuchtzifferblatt ohne Pendel und zwei abgeschlossene Koffer. Wir brauchten Zeit, um das alles wieder so herzurichten, wie es vor drei Jahren gewesen war.

»Setz dich ein bisschen, wir wollen verschnaufen«, sagte er, schwer hustend. Ich gehorchte ihm ohne Widerrede und setzte mich auf einen Hocker. »Siehst du«, wandte er sich an mich. »Das war hier alles drei Jahre lang. Ich habe drei Jahre überlebt, wer hätte das gedacht. Als ob es gestern gewesen wäre, als ich mit dieser Krankheit hierher kam, deren Namen ich mir nicht einmal merken wollte. Drei Jahre war ich mir selbst überlassen. Also in der denkbar schlechtesten Gesellschaft. Mit Algen, auf tausend Arten zubereitet. Das alles ist jetzt vorbei. Ich hab's geschafft, obwohl mich alle verrückt gemacht haben. Und da bin ich nun, bereit, länger zu leben als wie lange auch immer oder als irgendwer.«

»Ich glaube, dass es sich ausgezahlt hat«, unterbrach ich seinen Monolog.

»Wir werden sehen. Bislang hat es sich gelohnt, ich hoffe, dass es sich in Zukunft noch mehr auszahlt. Ich habe hier so viel für mich selbst gelernt. Hast du gewusst, dass es in der Natur des Menschen liegt, allein zu sein? Wenn's nicht so wäre, würden wir immer noch in Rudeln leben. Und weißt du, dass man den wahren Wert eines Menschen erst dann erkennt, wenn er vollkommen allein ist? Dann begreift man erst, wie klein wir sind. Ohne irgendjemanden um uns, ohne eine lebende Seele bei uns, die sich so verhalten würde, wie wir uns verhalten, ohne das zu sein, wovon wir so tun, als ob wir es nicht wären, ohne jemandes Gewogenheit erkaufen zu wollen, ohne all das sind wir so klein. Wir sind bis zu einem solchen Grad klein, dass wir uns ständig in der eigenen Eitelkeit verlieren.«

»Ich sehe, dass du deine Werke vollendet hast«, unterbrach ich ihn erneut, während ich zu einem Packen voller zusammengebundener Blätter ging.

»Ja, das sind meine drei Bücher, die du herausgeben sollst. Nacheinander natürlich, in den nächsten drei Jahren. Mit dem letzten habe ich mich abgequält, ich habe mich wirklich abgequält, aber irgendwie habe ich es doch fertig bekommen. Es ist schlecht, eine unvollendete Geschichte zurückzulassen. Unvollendete Geschichten tun mehr weh als unvollendete Lieben.«

»Jetzt ist es fertig ...« meinte ich, während ich das Paket aufhob.

»Es ist fertig, wenn das Ende sagt, dass es fertig ist. Mit dem Menschen ist man nie fertig. Immer fehlt noch irgendetwas. Ein seltsames Wesen ist der Mensch. Was für ein nutzloses und leeres Leben er auch geführt haben mag. Wenn das Ende an seine Pforte pocht, wird er immer um wenigstens noch einen Tag bitten, einen Monat, ein Jahr. Er wird schwören, dass er dann alles geschafft hat, was er wollte, aber in seinem ganzen Leben nicht zustandebringen konnte. Und das wird immer erst morgen sein, nie heute. Ich habe Dutzende Beispiele erlebt, wo man sich ab morgen ändern wollte, eine neue Arbeit aufnehmen, eine neue Liebe finden, aufhören zu trinken, zu rauchen, zu spielen. Und das ist unser größter Fehler. Wir vergeuden unsere Tage damit, indem wir alles vom Morgen erwarten und nichts heute tun. Und auch das Morgen wird kommen, auch das Übermorgen wird kommen, und all diese Menschen bleiben dieselben und leben weiter so, wie sie es bis gestern getan haben. Ohne irgendeine neue Erkenntnis, ohne einen einzigen neuen Menschen kennengelernt, ohne einen neuen Ort aufgesucht zu haben. Das ist der Grund, warum ich die Bücher hier geschrieben habe. Ich hasse es, jemandem Predigten zu halten, aber ich hoffe aufrichtig, dass ich irgendwem damit helfen kann.«

»Es ist Zeit aufzubrechen«, unterbrach ich ihn entschlossen und ging auf die Tür zu.

Er folgte mir ohne Einwände, wobei er sich in der dunklen Hütte umsah. Der Regen hatte wieder begonnen und ließ auf dem Weg zum Auto schmutzige Pfützen entstehen. Auf der Fahrt redeten wir nicht miteinander. Wir blickten nur stumm auf den nicht beleuchteten Weg und lauschten auf die Tropfen auf dem Autodach. Unsere Fahrt dauerte nicht lang. Dreißig Kilometer vom See entfernt hielten wir vor dem Restaurant »Fegefeuer«. Was uns dort erwartete, war vollkommen wie ausgemacht. Ein Tisch, für zwei gedeckt, ein Kellner und drei Gäste an dem Tisch uns gegenüber. Leise und ausgewählte Musik spielte, während wir an unserem Tisch Platz nahmen. Ich nickte dem Kellner zu, und dieser ging zur Küche. In weniger als einer Minute kam er mit der gesamten Bestellung zurück. Ein delikates Stück Käse, erlesenes Kalbfleisch und perfekt temperierter Rotwein. Im Hintergrund erklang die ganze Zeit über ein und dasselbe Lied. Wir widmeten uns dem Gehaltvollen auf dem Tisch und redeten nicht miteinander. Hin und wieder sah ich zu meinem Freund hinüber. Mit jedem neuen Blick hatte sein Gesicht immer mehr Falten, und die Augen waren immer müder. Nach einiger Zeit zog er zwei Zigaretten und ein Feuerzeug hervor. Wir steckten die Zigaretten an, machten einige Züge und fuhren fort zu schweigen. »Finde endlich das Glück«, stieß er durch den Zigarettenrauch hervor, und dann ließ er nur noch den Kopf auf den Tisch sinken. Im Hintergrund spielte man immer noch dasselbe Lied.

»… Komm, singe vor meiner Pforte,
Roten Wein sollst du mir bringen,
Zeig mir deine üppigen Brüste,
Öffne mir dein Herz.

Wenn du das Lied nicht singst
Wenn du den Wein nicht bringst
Werde ich ohne dich gehen
Niemals nach dir suchen
Ins Paradies werde ich gehen
Um auf dich zu warten …«

Ich versuchte mich zu erinnern, für wen er das Lied geschrieben hatte, doch es fiel mir nicht ein. Ich blickte in sein totes Gesicht und verwünschte die Algen, die aufgehört hatten zu blühen und erst in drei Jahren wieder blühen würden. Die Gäste vom Nachbartisch erhoben sich und kamen auf mich zu. »Wollen wir gehen?« fragte mich einer von ihnen. Ich antwortete zustimmend und trank mein letztes Glas Wein aus. Ich sagte ihnen, dass ich ihnen folgen würde. Dann stand ich eilig auf und ging zu meinem Auto. Während ich dem Wagen des Bestatters vor mir folgte, zog ich aus dem Paket, das auf dem Beifahrersitz lag, ein Blatt heraus. Die Mitteilung, die darauf stand, machte mich betroffen.

»Glücklich ist der, wer es versteht, einsam zu sein. Der versteht es in Wahrheit zu leben.«

Mit Hilfe der Feuchtigkeit gelang es mir, das Blatt Papier an meine Windschutzscheibe zu kleben. Ich setzte meinen Weg fort und wartete ungeduldig darauf, nach Hause zu kommen und mit dem Lesen dieses Haufens von Blättern anzufangen. Nach allem, was geschehen war, dürstete ich nach Geschichten, und es gibt keine besseren Geschichten als diejenigen, die nach dem Tode dessen entstehen, der sie geschrieben hat.

* * *

Der Held aus der runden Schachtel

Manche Zeiten lassen sich einfach nicht mit Schweigen übergehen. Manche Zeiten sind ganz hervorragend dazu geeignet, Kämpfer hervorzubringen. Starke und mutige Kämpfer, die entschlossen die Lasten der eigenen Zeit tragen. Dies war so eine Zeit. Es war eine Zeit der Niederlagen, eine Zeit der Strafen. Eine Zeit, in der das Leben in seiner Gesamtheit schon für sich genommen eine einzige Strafe war. Eine Zeit, die auf keine Weise gute Menschen hervorzubringen vermochte, geschweige denn starke Kämpfer. Ich erinnere mich nicht einmal, wie ich es überhaupt fertiggebracht hatte, in die Straf-Besserungsanstalt zu kommen. Wahrscheinlich hatte ich mir irgendwann irgendwo, ein bisschen angetrunken, die Freiheit genommen, ein, zwei Worte zu sagen über das, was mich quälte. Vielleicht hatte ich jemanden mit einem Fluch bedacht, dessen Namen ich gar nicht hätte erwähnen dürfen. Vielleicht war ich wütend und verbittert gewesen, wie einige Gruppen von Leuten auf großem Fuß lebten, während wir blutdürstig um die Brosamen kämpften, die sie uns hinwarfen. Ich weiß es nicht, ich entsinne mich überhaupt nicht. Doch ich kann mich noch ganz genau an das Erste erinnern, was ich empfunden habe, als ich das Gefängnis betrat, oder wie man diese Umerziehungsanstalt überhaupt nannte. Den Gestank. Das war das Erste, was ich empfand. Einen widerwärtigen Gestank. Eine unerträgliche Mischung aus sämtlichen schlechtesten Gerüchen, die der Mensch je gerochen hat. Ich dachte, dass mir ein solcher unbeschreiblicher Geruch die Nase, die Speiseröhre und selbst den Schädel spalten müsste.

Aber durch irgendein Wunder war es bereits am zweiten Tag kein Problem mehr für mich, ihn zu ertragen. Wahrscheinlich war ich selbst ein Teil von ihm geworden. Wahrscheinlich stank auch ich genauso wie der Raum. Und in dem Raum waren wir zu ca. dreißig Leuten untergebracht. Im Übrigen war das nicht mehr als eine gewöhnliche Halle mit je einer Toilette auf beiden Seiten und mit zehn bewaffneten Wärtern, die auf den Terrassen über uns standen. Den ganzen Tag über drängten wir uns in dieser öden, stinkenden Halle und erhielten regelmäßig unsere drei armseligen Mahlzeiten. Wir sprachen wenig untereinander. Außer Klagen über unser Schicksal und die Grobheit des Satrapen gab es unter uns keine weiteren Gesprächsthemen. Die Tage waren noch irgendwie auszuhalten. Bei den Nächten war das nicht der Fall. Jeden Abend um zehn Uhr wurden unten sämtliche Wächter abgelöst, die an dem Tag Schicht gehabt hatten. Und sie steckten jeden Gefangenen in eine besondere, rundliche Schachtel. Zunächst musste sich der Gefangene auf den Boden legen, und danach schlossen die Wächter den Deckel über ihm. Durch irgendein Wunder konnten sich die Sklaven der Schachtel auf keine Weise vom Boden lösen. Es konnte sie nur derjenige davon losreißen, der sie dahingestellt hatte, und von daher war es undenkbar, dass ein Gefangener die Schachtel anhob. Zu Anfang lag die Größe der Schachteln etwas über der eines Sarges. Doch mit jeder vergangenen Woche wurden die Schachteln immer enger und enger. Es gab Gefangene, die sich weigerten, in die Schachteln zu kriechen, doch die Wächter widersetzten sich einem solchen Akt mit Leichtigkeit. Zuerst versetzten sie ihnen einige Knutenhiebe in die

Flanken, und dann spritzten sie ihnen ein Schlafmittel. Meine erste Erfahrung mit der üblen Schachtel ging wie alle ersten Erfahrungen der übrigen Gefangenen vonstatten. Ich versuchte erfolglos, herauszukommen. Obwohl ich von erfahreneren Gefangenen gewarnt worden war, dass ich streng bestraft würde, wenn ich versuchen sollte, herauszukommen, versuchte ich stundenlang, einen Ausgang zu finden. Nach einigen Tagen hatte ich mich bereits an die Schachtel als meine Strafe gewöhnt. Doch nach einer Woche bemerkte ich, dass die neue Schachtel enger war als die vorige. Die älteren Gefangenen erklärten mir, dass sich das Volumen der Schachtel jede Woche verringerte und bereits nach der vierten Woche identisch mit dem Leibesvolumen des Gefangenen war. Es war klar, dass man unter solchen Bedingungen nicht überleben konnte, so dass jeder Gefangene wusste, wenn er eine solche Schachtel bekam, dass er schon am nächsten Morgen tot sein würde. Die Tage gingen einer nach dem anderen dahin, und die Schachteln wurden wirklich immer enger. Ich erinnere mich an meine vierte Woche. Die Schachtel, in die man mich steckte, entsprach tatsächlich genau meinen Dimensionen. Ich hatte keine andere Wahl, als mich in Fötusstellung zusammenzukauern und zu versuchen, die restliche Luft rational zu verbrauchen. Nach einer knappen Stunde wurde das Atmen unmöglich. Ich versuchte, an den Wänden zu kratzen. Ich begann, mit den Füßen zu treten, in der Hoffnung, die Schachtel werde irgendwie platzen und es werde wenigstens ein bisschen Luft eindringen. An einer der Wände klebend, gab ich eine riesige Menge Urin von mir, teils in meine Kleider, teils an die Wand der Schachtel. Einen Moment später begann ich erneut an die Wände zu klopfen. Die Stelle, an der ich uriniert hatte, war irgendwie angenehm warm und nass. Bei der zweiten Berührung spürte ich, dass die Wand weicher geworden war als vorher. Ich begann, dagegen zu drücken, und nach mehreren Versuchen öffnete sich ein kleiner Raum. Ich hielt für einen Moment inne und spürte die frische Luft, die hereindrang. Auf einmal erschrak ich vor der Strafe, die mich dafür erwartete, dass es mir gelungen war, ein Loch in die Schachtel zu machen, doch schon in der nächsten Sekunde war ich ruhig und überließ mich einzig der frischen Luft, die mir das Leben gerettet hatte. Es verging vielleicht fast eine Stunde, und noch hatte man mich nicht entdeckt. Ich wartete noch ein paar Minuten, und dann begann ich, die Wand der Schachtel einzureißen. Die Wächter waren immer noch nicht da, so dass ich ermutigt anfing, die Schachtel so schnell wie möglich einzureißen. Rasch gelang es mir, ganz heraus zu kommen. Ich stand über den Stücken, die bis vor kurzem meine Strafe gewesen waren. Ich drehte mich nach allen Seiten in Erwartung der Wächter und der Strafe für mein Betragen. Ich blickte zu den Terrassen hinauf, wo sie immer standen, und entdeckte keinen einzigen. In der Zwischenzeit begriff ich, dass die Schachteln aus einer besonderen Art von festem Karton gefertigt waren und dass die Sklaven der Schachteln einen kleinen Eisenbeschlag trugen, der an dem magnetischen Boden haftete. Deshalb konnten sie sich nicht befreien. Ich eilte zu der Schachtel neben mir und öffnete sie eilig. Der erste Gefangene, den ich befreite, war ein junger Mann, der mich überaus erschrocken ansah. Ich erklärte ihm irgendwie, worum es ging, und er stand mir bei der Befreiung der Übrigen bei. In wenigen Minuten waren sämtliche Gefangenen außerhalb ihrer Schachteln. Von den Wächtern fehlte noch immer jede Spur. Ich war überzeugt, dass sie nach dem Einschließen alle nach Hause gingen, da sie sicher waren, dass es niemand wagen würde, sich aus den Schachteln zu befreien. Nach kurzer Beratung und langem Schweigen gelang es uns, die Tür zur Waffenkammer einzuschlagen und dann auch das Eingangstor. Bewaffnet und zornig gingen wir weiter zu den übrigen Gefängnissen. Überall bot sich uns das gleiche Bild. Hunderte Schachteln, Hunderte gepeinigter Seelen und kein einziger Wächter. Am Sonntag darauf war der Satrap bereits abgesetzt. Wenige Monate später waren die Schachteln und die stinkenden Gefängnisse Vergangenheit. Die Menschen wurden frei und begannen, sich dem Leben zu überlassen. Mich nannte man den Helden aus der runden Schachtel. Ich hatte nichts dagegen, solange ich diesen Spitznamen in meinem Herzen und den Orden für außerordentliche Tapferkeit auf meiner Brust trug. Ich habe auch heute noch nichts dagegen, während ich frei und lachend am Meer spazieren gehe und diese Geschichte erzähle.

✳ ✳ ✳

In der Ecke eines alten grauen Gebäudes, in einer Eigentumswohnung, die wie ein Schmuckstück darin wirkte, beeilten sich die Zeiger der Uhr, sich in einer geraden Linie zu vereinen und die Mittagsstunde anzuzeigen. Die Wohnung war ziemlich ordentlich möbliert. Dreißig Quadratmeter, recht bescheiden eingerichtet, aber auch recht sympathisch. Es war ein Werktag, doch die Eigentümerin der Wohnung war noch immer zu Hause. Sie wirbelte nervös durch die warmen Zimmer, als erwartete sie jemanden oder etwas. Einige Momente später setzte sie sich auf das Sofa und blickte zum Fenster hinaus. Sie betrachtete die Gebäude um das ihre herum und überließ sich zeitweilig den Geräuschen von der Straße. Es schien, dass sie an überhaupt nichts dachte. Nur für Momente schnitt sie traurige Grimassen, und gleich darauf kehrte sie in ihren vorherigen Zustand zurück. All diese Tage über hatte sie das Gefühl, dass ihr beständig jemand folgte. Er erreichte sie nicht, aber sie konnte ihm auch nicht entkommen. Sie hatte das Gefühl einer Last zwischen ihren Schultern. Einer Last, die mit jedem Tag schwerer und schwerer wurde. Ihre Schultern waren viel zu zart für solche Lasten. Plötzlich öffnete sich die Eingangstür und trug leise Schritte und kalte Luft in die Wohnung. Das schien wie ein Zeichen zu sein. Die Eigentümerin der Wohnung erhob sich von dem Sofa und ging auf das Bad zu. Sie ging hinein, drehte die Hähne auf und begann die Wanne zu füllen, wobei sie ein höchst angenehmes Ambiente schuf. Sie betrachtete sich ein wenig im Spiegel und fing an, sich zu entkleiden. Sie war etwas überrascht von dem Bild, denn seit langem war sie nicht so schön gewesen wie an diesem Tag. Sie stand kurz vor dem Spiegel und beschloss dann, in die mit Wasser gefüllte Wanne zu steigen. Die Temperatur war mehr als perfekt, und das ganze Bad duftete nach Lavendel. Beim ersten Mal schaffte sie es nicht. Sie tauchte ganz unter, doch nach zehn Sekunden zog sie den Kopf aus dem Wasser. Der zweite Versuch dauerte ein paar Sekunden länger, war jedoch ebenfalls erfolglos. Beim dritten Versuch war es, als drückte jemand ihren Kopf nach unten. Sie versuchte erneut, den Kopf aus dem Wasser zu ziehen, doch der Druck war zu stark. Es vergingen keine drei Minuten, und sie atmete nicht mehr. Sie blieb im Wasser schwebend liegen, während das ganze Bad überschwemmt war. Sie war 28 Jahre alt. Sie hatte niemanden bei sich. Sie hatte eine unsichere Arbeit und eine kleine, ordentliche Wohnung. Die Uhr zeigte Mittag. Draußen war eine Welt, derer sie nicht mehr bedurfte.

Ein paar Ecken weiter und wenige Minuten später ging in einer dunklen, staubigen Wohnung das Licht an. Der Bewohner, besser gesagt der Mieter, erhob sich von seinem alten Bett und ging ins Bad, wobei er auf dem Weg einige leere Flaschen umstieß oder übersprang. In seinem Spiegelbild bemerkte er kleine, blutunterlaufene Augen, umrahmt von einem unsauberen und unrasierten Gesicht. In seinem Gesicht las man chronische Schlaflosigkeit und seit langem verlorene Hoffnung. Der Mieter kehrte in sein Zimmer zurück und setzte sich lustlos auf sein altes Bett. Er steckte sich die erste Zigarette an diesem Tag an und blickte mechanisch zu der Uhr hinüber, die fünf Minuten nach zwölf Uhr mittags anzeigte. Es war gewissermaßen früh für ihn, wenn man berücksichtigte, dass er erst kurz vor Tagesanbruch eingeschlafen war. Zuweilen wünschte er sich, sein ganzes Leben verschlafen zu können. Er wünschte sich, erst einen Tag vor seinem Tod wieder aufzuwachen, um zu sehen, was er hinter sich zurückließ, und dann konnte er sterben. Seltsam, aber nur deshalb konnte er mit fortschreitenden Tagen nicht mehr einschlafen. Und warum sollte er auch schlafen, wenn er nie zu einer bestimmten Zeit aufwachen musste? Und warum hätte er irgendwo hingehen sollen, wenn es keinen Ort gab, an dem er ankommen musste? Und warum sollte er überhaupt leben, wenn er niemanden hatte, mit dem er zusammenleben konnte? Die Fragezeichen wurden überlaut, doch Antworten gab es keine. Und jeden Tag stauten sich wieder und wieder dieselben Fragen in seinem Kopf. Nachdem seine Zigarette ausgegangen war, ging er zu den Fenstern. Er zog die Vorhänge zurück und öffnete die Fenster. In das Zimmer drang kalte Luft, gefolgt von leisen, regelmäßigen Schritten, von denen der Mieter sicher war, dass er sie hörte. Er blieb mitten im Zimmer stehen und beschrieb einen Kreis um sich selbst. Dann begann er, langsam auf das Fenster zuzugehen, und sprang ohne Zögern hinaus. Die schmerzhafte Begegnung mit dem Bürgersteig und die bestürzten Blicke Dutzender Menschen überraschten ihn. Er war 28 Jahre alt. Er hatte keine Arbeit und hatte niemanden. Er hatte eine Mietwohnung und die Hoffnung auf ein besseres Morgen, das er nie erleben sollte. Die Uhr an der Bank in der Nähe zeigte zwölf Uhr zwölf an.

Vierundzwanzig Stunden später wurden auf dem städtischen Friedhof in der Allee der Freiwilligen, wie der Teil hieß, auf dem man Selbstmörder bestattete, die Wohnungsbesitzerin und der Mieter beerdigt. An dem Begräbnis nahm außer den Angestellten des Bestattungsunternehmens niemand teil. Ihre Särge standen nebeneinander, bis die Totengräber sie in die Gräber hinabließen. Ihre Gräber lagen nebeneinander, durch einen jungen Baum getrennt. Draußen begann es zu regnen. Die Uhr an der Friedhofskapelle zeigte genau zwölf Uhr an. Die Allee der Freiwilligen wurde in diesem Moment doppelt so groß wie die übrigen Teile des Friedhofs. Um sie her war eine Welt, derer sie nicht mehr bedurften.

✳ ✳ ✳

Dieser Mord ist Gerechtigkeit

Unter den schweren, dunklen Wolken verbrauchte die Nacht ihre letzten Minuten. Ein leichter, leiser Regen fiel zu Boden und kündigte einen mehr als kalten Morgen an. Die Stadt schlief ruhig in einem solchen Ambiente. Für Augenblicke schien es, als atmete sie überhaupt nicht. Als hätte sie längst ihren Atem ausgehaucht und wartete nun darauf, dass der Morgen käme, um frische Luft zu schöpfen. Und die Luft stand in einem der Tausende von Zimmern in der Stadt. Gedämpftes Licht beleuchtete die Unruhe, die in einem Schlafzimmer herrschte, das wie hingeworfen unter Hunderten von Gebäuden dalag. Jemand schlief an diesem Morgen nicht. Jemand nagte an diesem Morgen an seinen Lippen aus Unentschlossenheit, aus dem Bedürfnis nach Rettung heraus, aus tausendundeinem Grund. Den Blick auf die Uhr gerichtet, die die Minuten fraß wie ein ausgehungertes Raubtier, gingen ihr ganze Jahre durch den Kopf. Mit jedem Gedanken versank sie tiefer in sich selbst. Sie betrachtete die Bilder ihres ganzen Lebens. Und es gab keinerlei Emotion in ihrem Gesicht. Keinen Krampf, kein zufälliges Verziehen der Lippen, das sie verraten hätte. Da war nur das beständige Durcheinanderwerfen von Bildern und Worten in ihrem Kopf. Wieder und wieder. Ihre Körperhaltung verriet Angst und Unsicherheit. Zusammengekauert und der kalten Wand zugekehrt, versuchte sie ungeschickt, sich von ihrer Angst zu befreien. Doch diese hatte sich bereits vor Jahren in ihr eingenistet. Sie hatte beinahe vergessen, wie es war, ohne Angst zu leben. Wie es war, keine Angst haben zu müssen. Vor sich selbst, vor den anderen. Bei all ihrem Durchblättern der Erinnerungen gelang es ihr nicht, den Tag wiederzufinden, an dem sie sich in ein stilles, schreckhaftes Geschöpf verwandelt hatte. Die Jahre der Sicherheit und Lebendigkeit lagen bereits weit hinter ihr. An ihre Stelle waren Jahre der Verzweiflung, Angst und Traurigkeit getreten, die ihre ständigen Begleiter waren. Und vielleicht hätte alles anders sein können. Vielleicht wären ihre Jahre, wenn es ihr rechtzeitig gelungen wäre zu durchschauen, mit wem sie ihr Leben teilen würde, noch immer erfüllt von Glück und Mut. Doch am Anfang war es nicht so schlecht gewesen. Wie ja bei den meisten Anfängen. Sie sind erfüllt von Vertrauen, Liebe und Verständnis. Besuche fern gelegener Örtlichkeiten, Geselligkeit mit glücklichen Menschen. Das, was zwischen ihnen war, nannten alle Liebe. Genauso, wie alle oder die meisten sie sich vorstellten. Die gemietete Wohnung und die bescheidenen Einkünfte waren mehr als genug, um weiter an ihrem Traum zu arbeiten, den sie gemeinsam träumten. Doch wie jeder Traum musste auch der ihre in dem Moment zu Ende gehen, in dem einer von ihnen aufwachte. Sie verzieh ihm seinen Alkoholismus. Sie ging auch über seinen ersten Treuebruch hinweg. Die ersten Ohrfeigen taten weh, doch dann lernte sie, sie heldenhaft zu erdulden. Die Schminke verbarg die blauen Flecke ganz anständig, die Erinnerungen an jeden Widerstand von ihrer Seite. Sie lernte, dass es richtig war, nur zu antworten, wenn er sie etwas fragte. Dass es völlig in Ordnung war, dass sie in zwei Schichten arbeitete, sowohl zu Hause als auch auf der Arbeit. Sie hielt es für klüger, nicht zu fragen, wo er seine Tage verbrachte, und ihn nicht jedes Mal mit Fragen aufzuhalten, wo er gewesen sei, wenn er spät an der Tür klingelte. Das war nicht mehr der Mann, den sie einmal geliebt hatte. Die

Androhungen, den anderen zu verlassen, wurden etwas
Alltägliches. Ein anderes Gesprächsthema gab es nicht
zwischen den beiden. Aus den Worten ließen sich nur noch
Beleidigungen heraushören. Dass man ihn ausgetrixt
habe. Dass er nicht gewusst habe, dass er eine unfruchtbare
frigide Hündin zur Frau nahm. Dass die ganze Stadt ihn
für unfähig halte, Kinder und Erben zu haben. Dass es jedes
Mal, wenn ihm nach Sex sei, etliche Wirtshaussängerinnen
gebe, die ihm mit Vergnügen auf den Schoß hüpfen würden.
Er teilte ihr mit, sie solle sich daran gewöhnen oder dahin
zurückkehren, woher sie gekommen sei. Sie versuchte bis
zum Wahnsinn, ihn zur Vernunft zu bringen. Bei jedem
Versuch eines normalen Gesprächs ließ er seine Fäuste
sprechen. Die Blutergüsse an ihrem Körper verheilten schnell
und leicht. Die Male, die sie auf ihrer Seele trug, würde sie
behalten, solange sie lebte. Das Zwitschern der Vögel
kündigte das Erwachen der Stadt an. Der Verkehr wurde
immer reger. Sie erhob sich von ihrem Bett nach der
schlaflosen Nacht. Das Zimmer roch nach abgestan-
denem Alkohol und brodelte vor Ungeduld. Sie richtete sich
vor dem Bett auf und sah ihn an. Mit der Decke um die
Taille schlief er ruhig, in unregelmäßigen Abständen
Schnarchgeräusche von sich gebend. Sie sah ihn eine Weile
an, dann verließ sie das Zimmer. Kurz darauf kam sie wieder
zurück. Sie betrachtete sich im Spiegel. Von dem schwachen
Spiegelbild vermochte sie nur die Blutspur unter der Nase
und den geduldigen Glanz des Metalls zu sehen. Sie blickte
zu dem Mann hinüber, der einmal ihr Ehemann gewesen
war, und setzte sich langsam auf ihn. Mit der linken Hand
drückte sie stark auf seine Brust, während in der rechten
nervös das Küchenmesser zitterte. Sie drückte immer fester

auf seine Brust und erwartete, dass er aufwachen würde. Doch von der gewaltigen Menge Alkohol in ihm öffnete er nur ein wenig die Augen. Und das war der Funke. Mit einemmal stieß sie ihm mit voller Kraft die Klinge ins Herz. Das Messer drang schwer ein, während das Blut in Strömen floss. Und dann noch ein Stich, und noch einer, und noch einer. Als wäre ihre gesamte Wut in diesem Messer enthalten, in dieser ihrer blutigen Hand. Das Blut fuhr fort, auf das Laken zu fließen, auf das Bett, um als dunkelrote Pfütze auf dem Boden zu landen. In ihrem Blick zeichnete sich Erleichterung ab. Rettung zeichnete sich ab. Sie erhob sich von dem toten Leib und brach laut in Tränen aus. Sie warf das Messer zu Boden und weinte immer fort, unwahrscheinliche Laute und hysterische Töne von sich gebend. Während sie sich mit ihren blutigen Händen die Tränen abwischte, versuchte sie, nach dem Telefon zu greifen. Nach zweimaligem Klingeln gelang es ihr lediglich hervor-zubringen, dass sie ihn getötet habe, dann ließ sie den Hörer sinken. Danach ging sie ans Fenster, öffnete es weit und ließ die frische Luft den unangenehmen Gestank des Blutes und des unsauberen Zimmers vertreiben. Sie hatte den größten Sieg ihres Lebens errungen. Sie bemühte sich nicht, dar-über nachzudenken, was nun weiter werden würde. Es gab Morde um der Gerechtigkeit willen. Für sie war dies ein solcher. Sie näherte sich dem Bett und streckte sich neben ihrem toten Ehemann aus. Sie schlief auf der Stelle ein. Etwas, was ihr seit Jahren nicht mehr gelungen war.

❋ ❋ ❋

Der Bühnenwart

Der Saal des Nationaltheaters war bis auf den letzten Platz besetzt. Wie es im Übrigen bei jeder Premiere war. Hunderte von Gästen erwarteten gespannt den Beginn des neuen Dramas, ein Werk, von dem man glaubte, dass es die wahren Theaterliebhaber erfreuen würde. Auf den Sitzen, voll besetzt mit Publikum von unterschiedlichen Menschenprofilen, pulsierten Erregung und Ungeduld. Wenige Augenblicke später blieb im Saal nur noch eine einzige, auf die rechte Ecke der Bühne gerichtete Lampe eingeschaltet. Dieses Bild dauerte vielleicht zehn Minuten, was unzweifelhaft Nervosität bei den anwesenden Gästen hervorrief. Doch auf einmal hörte man man den Klang einer Trompete, und ein Mann von etwa fünfzig Jahren stürzte auf die Bühne, bekleidet lediglich mit einem Leinengürtel, versehen mit unkenntlichen Gegenständen, der ihm um den Leib gebunden war. Auf den Sitzen im Saal machte sich Verwirrung breit, während der Mann auf der Bühne sich nach allen vier Seiten hin verbeugte.

»Guten Abend, liebe Zuschauer«, wandte sich der Mann auf der Bühne an das Publikum. »Herzlich willkommen zu dieser Vorstellung, die Sie nur ein einziges Mal im Leben sehen können. Ich gratuliere Ihnen, liebe Gäste. Ich gratuliere Ihnen zu dem Glück, dass Sie zu jenen Auserwählten zählen, die eine Vorstellung sehen werden, die danach niemand mehr zu sehen bekommen wird. Und es wird viel darüber geredet werden, glauben Sie mir. Nein, das hier wird nicht die Vorstellung sein, wegen der Sie hergekommen sind, für die Sie sich so nett zurechtgemacht haben. Es wird etwas völlig anderes sein. Ich würde die Vorstellung ›Monodrama des Taubstummen‹ nennen. Na, dass ich mich so oxymoronisch ausdrücke« (Murmeln im Publikum). »Ruhe!« (rief er laut). »Sehen Sie gut auf diesen Gürtel. Sie müssen nicht sehr klug sein, um zu begreifen, dass das, was ich trage, drei miteinander verbundene Bomben sind und dass die Stelle, wo mein rechter Daumen liegt, der Ring ist, über den die Bomben aktiviert werden. Deshalb bleiben Sie ruhig. Und denken Sie nicht daran, wegzulaufen. Die Türen wurden im voraus abgeschlossen, und sowie ich sehe, dass sich auch nur Einer von seinem Sitz erhebt, werde ich die Vorstellung abbrechen müssen, und wir gehen alle gemeinsam in die Luft. Deshalb Geduld, liebe Gäste. Vielleicht werden Sie dieses Monodrama überleben, und danach werden Sie sehr glücklich sein. Also, fangen wir an. Meinen Namen werde ich Ihnen nicht sagen. Sie werden ihn früher oder später erfahren. Ich arbeite in diesem Theater. Ich bin bereits seit zwanzig Jahren Bühnenwart. Ich habe bei Hunderten von Vorstellungen mitgearbeitet und Bücher gelesen, die Sie nicht einmal in zwei Leben durchlesen würden. Zuweilen war mir dies Gebäude lieber als das eigene Heim. Hier habe ich Menschen kennen gelernt, die mich vieles gelehrt und mir stets geholfen haben. Darum habe ich sie in Sicherheit gebracht. Deshalb trägt dieser Einakter auch den Titel Monodrama. Dieser Ort war meine Zuflucht von dem qualvollen und traurigen Alltagseinerlei in diesem Staat. Aber jetzt nicht mehr. Ihr musstet auch hierher kommen. Ihr grinstet über billige Komödien mit Marktwitzen und bildet euch ein, euch Kunst anzusehen. Ihr glaubt, Huren und Homosexuelle auf der Bühne wären identisch mit Avantgarde. Ach, ihr dummes Volk. Gefangene eurer kleinen Leben, kamt ihr nur zu Premieren her, um für den neuen Stil Reklame zu machen, um ein, zwei Stunden in bequemen Sitzen ruhend zu verbringen, den Blick auf eure Handys gerichtet und kein bisschen an dem interessiert, was auf der Bühne vor sich ging. Wenn ihr die Schauspieler ansaht, dann dachtet ihr an eure Geliebten, Frauen, Firmen und Güter. Kunst, das ist das Letzte, was euch interessiert. Und selbst jetzt noch gehen euch Fragen durch den Sinn wie die, wer dieser kranke Bastard da auf der Bühne ist, warum ihr bloß herkommen musstet und ob ihr überhaupt überlebt. Nun, was das angeht, ihr werdet überleben. Obwohl ich nicht glaube, dass ihr gute Gründe dafür habt, um am Leben zu bleiben. Seht doch einmal. Ihr seid genau zweihundertzwanzig Leute. Wird wenigstens einer soviel Mut aufbringen, dass er aufsteht und hierher kommt? Damit wir ein Duell austragen, und wenn ich verliere, könnt ihr alle gehen.« (Pause) »Nein? Anders habe ich es mir auch nicht vorgestellt. Nein, so einen gibt es nicht unter zweihundertzwanzig Leuten. Auch nicht unter tausend. Aber wisst ihr was? Ich könnte wetten, dass es wenigstens zweihundert unter euch gibt, die, wenn ich anfange zu schießen« (er zieht eine Pistole) »ihren Nebenmann als lebenden Schild benutzen würden. Und es gibt mindestens hundert, die zehn Menschen töten würden, um sich selbst zu retten. Soviel zu eurer Tapferkeit und soviel zu eurer Bereitschaft, euch für den Anderen zu opfern. Und warum sollte ich euch jetzt freilassen? Wer kann schon Menschen brauchen, die nicht dazu fähig sind, ihren nächsten Nachbarn zu retten? Gut … « (halblaut), »vielleicht denkt ihr alle, dass ich ein kranker Irrer bin. Spitzenpsychiater werden euch bestätigen, dass ich eine traumatische Kindheit hatte und zuviele Prügel von meinen Eltern bekommen habe. Und sie werden endlose Tage damit verbringen, in meiner Krankengeschichte zu blättern und in der meiner Familie. Die Soziologen werden klug darüber reden, dass wir als Gesellschaft versagt haben, und dies dem stressigen modernen Leben zuschreiben. Aber die Wahrheit wird trotzdem in diesem Saal bleiben, hier unter euch. Seht mich nicht so an. Ich bin nicht schuld, dass ihr euch hier befindet. Ich bin nicht schuld daran, dass ihr das Mittelmäßige als Vollkommenheit feiert und längst abgedroschene Phrasen als höchste Weisheit empfindet. Ihr glaubt nur an die Worte, die ihr hören wollt. Jeder, der euch fortschrittlichere Gedanken bietet, den verjagt ihr und meidet ihn wie die Pest. Ihr verachtet den, der ärmer ist, und beneidet schmerzlich denjenigen, der reicher ist als ihr. In jedem Unbekannten seht ihr einen Feind, und jede neue Sache haltet ihr für ein Übel. Ihr seid besessen von Reality Shows und Internetsonderlingen, über die ihr zufrieden lachen könnt, glücklich, dass ihr endlich jemanden gefunden habt, der noch elender ist als ihr. Und diejenigen, die etwas taugen, die wenigstens ein klitzekleines bisschen mehr tun als ihr, die schickt ihr so weit wie möglich weg in der Hoffnung, dass sie nie mehr zurückkommen, um eure bequemen Machtpositionen zu gefährden, die ihr von Generation zu Generation als eine Hinterlassenschaft geerbt habt. Ihr werft mit Titeln und Ernennungen um euch, obwohl von realen Kenntnissen bei euch keine Rede sein kann. Wenn es nicht so wäre, dann wären wir nicht hier, wo wir jetzt sind. Zu Boden geworfen mitsamt der eigenen Erbärmlichkeit. Und macht nur so weiter. Wenn der Tag kommt, dass ihr an eurem eigenen Mist erstickt, dann bin ich in Sicherheit. Natürlich nur, wenn ihr bis dahin überlebt. Ich lehne es ab, dass euer Irrsinn meine Realität ist. Meine Realität wird stets diese Bühne sein und dieses Gebäude, obwohl zuweilen politische Ekelpakete und andere Blutsauger vom Establishment hierher kommen, um diesen Raum zu kontaminieren. Wir werden auch die überleben, keine Sorge. Am Ende werden wir standhalten, wenn auch gebrochen. Ohh, macht euch keine Sorgen um mich … die Bühne fesselt mich dermaßen, und ich habe auch schon meinen Text gesagt« (setzt sich). »Ihr werdet nie verstehen, wie das ist, eine Geschichte zum Leben zu erwecken. Ihr werdet nie wissen, wie das ist, jemanden wirklich allein deshalb glücklich zu machen, weil ihr einfach gar nicht anders könnt« (erhebt sich). »Sitzt nur ruhig da und lebt weiter eure oberflächlichen Leben. Tröstet euch damit, dass eine Partie solider Sex ein würdiger Ersatz sei für Liebe, dass Tausende leerer Gespräche ein Ersatz seien für eure Einsamkeit. Vergeudet Dutzende von Jahren, um zu erkennen, was ihr wollt, um dann davor zurückzuschrecken, es euch zu nehmen. Vielleicht habt ihr irgendwann die Chance, euch vor den Spiegel zu stellen und selbst zu erkennen, wie erfolgreich ihr im Leben gewesen oder nicht gewesen seid. Vielleicht habt ihr irgendwann das Bedürfnis, die Arme zu heben« (er hebt die Arme) »und zu rufen …«

Der Schall einer abgefeuerten Scharfschützenkugel hallte wie eine Bombe in dem überfüllten Theatersaal wider.

Für einen Augenblick blieb die Bühnenbeleuchtung auf den toten Leib des Bühnenwarts gerichtet, der mit blutigem Haupt reglos auf der Bühne lag. Dann schaltete man rasch sämtliche Lichter im Saal an, und Spezialkräfte der Polizei brachten die sichtlich erschütterten Gäste hinaus. Von diesem Tag an hatte das Theater immer weniger Publikum. Die Schauspieler hatten Angst, auf den Brettern aufzutreten, die nach Blut rochen. Einige Besucher schworen, dass während einer Vorstellung seltsame Stimmen zu hören gewesen seien. Sie hätten unwahrscheinliche Ähnlichkeit mit der des Bühnenwarts gehabt. Zwei Jahre später beschloss die Regierung, das Theatergebäude abreißen zu lassen. Der gesamte Bauschutt und die ganze Ausstattung landeten auf den Mülldeponien der Stadt, und an derselben Stelle wurde ein modernes, riesiges Einkaufszentrum errichtet, durch das täglich Tausende von Menschen zogen.

✳ ✳ ✳

Komödie des Absurden

Jans Eintreten in das bescheidene Mansardenzimmer störte nicht im geringsten die Ruhe, die er mit den Überresten des sonntäglichen Mittagessens bei seinem Bruder und seiner Schwester, Sophia und Athanas, antraf.

»Wo warst du?« fragte Athanas und brach damit das mehrminütige Schweigen, das in diesem Zimmer auch nie länger dauerte.

»Überall ... hier und da. Ich bin spazieren gegangen. Dafür sind Sonntage doch da, oder nicht?« antwortete Jan und sah Sophia an, die etwas desinteressiert aus dem Fenster blickte.

»Ich dachte, du würdest ins Theater gehen. Gerade neulich habe ich gehört, dass es ein Gastspiel aus der Nachbarstadt gibt, irgendeine Komödie des Absurden ...«

»Ha ... das ist irgendwann mal ein Theater gewesen, Athanas, gewesen«, unterbrach ihn Jan. »Die hatten phantastische Stücke ... jetzt ist das bloß noch ein Haufen gedungener Schauspieler, die herumziehen und sich zum Idioten machen, indem sie, und das leider erfolgreich, über das gequälte Volk herziehen.«

»Ich war vor ein paar Wochen da, und es war sehr schön«, warf Athanas ein. »Es war komisch und unterhaltsam. Und diese ›Komödie des Absurden‹, was immer dieses Absurde bedeuten mag, ist ziemlich gelobt worden. Vielleicht gehe ich nächstes Mal hin.«

»Du weißt nicht, was absurd ist?« fragte Jan.

»Ich glaube schon«, antwortete Athanas. »Absurd ist es, wenn du sagst, dass du die Liebe verjagst, du gibst ihr Beine, als ob sie laufen könnte. Nur machst du das auf komische Art, also wird eine Komödie des Absurden daraus.«

»Haha«, lachte Jan. »Ich kann's nicht glauben ... was du da sagst, ist ab-strakt! Das ist ein großer Unterschied. Ach, Herrgott ... was ist mit dieser verdammten Kriminalisierung der unschicklichen Kunst passiert und mit diesem stinkenden Ministerium für Zensur.« Jans Gesichtsausdruck veränderte sich und wurde unerklärlich traurig.

»He, was ist mit dir?« rief Athanas. »Also, die Kriminalisierung der Kunst ist eine der besten Sachen. Es war an der Zeit für so etwas. Wer braucht schon Leute, die nichts zum Wohl des Staates tun. Kunst – diese üble Welt von Laster, Verkommenheit und Ausschweifung. Künstler – lästige, stets unbegreifliche Leute, zu nichts anderem nütze als um auszuspucken. Auf die Regierung zu spucken, das Volk, die Religion und auf alles, was diesem Land heilig ist und wovon noch mehr geschaffen werden muss, wenn erst alles aufgeschrieben, gemalt und auf die Bühne gebracht ist.«

»Findest du wirklich, dass wir so sind? Dass wir von Lastern besessen sind und all das? Und dass nichts anderes mehr geschaffen wird? Warum kneten wir dann Teig für das heutige Brot, wenn noch welches von gestern da ist, warum bauen wir neue Häuser, wenn schon alles gebaut ist.«

»Natürlich, das ist richtig. Wie der Führer sagt – die Laster sind das Mark der Kunst. Und es wird geschaffen, ja. Das Ministerium für Zensur druckt jedes Jahr Bücher und macht Filme und Vorstellungen.«

»Ja, ja, ein Dutzend Bücher und halb soviel Vorstellungen«, fing Jan an. »Und bei ihnen allen überwiegt die altbackene

Komödie, Sex und Primitives. Weil es so am leichtesten ist, das Volk zu verdummen. Denn gibt man ihm etwas Tiefgründigeres, dann wird es anfangen nachzudenken. Wenn es beginnt, nachzudenken, dann wird es begreifen, dass etwas im Staat nicht stimmt, dass etwas verkorkst ist. Und schon im nächsten Moment wird es Veränderungen fordern. Und das ist für die Regierung so gefährlich, ich weiß. Ich dachte, dass wir ein besseres Morgen sehen würden, bloß das geht nicht über Nacht. Jetzt sehe ich, dass dieses Morgen mit jeder Nacht ferner rückt. Dass nichts über Nacht kommt … aber es kommt über viele Nächte. Ich zum Beispiel habe mehrere Nächte nicht geschlafen und nachgedacht, und am Ende habe ich einen Entschluss gefasst. Wo auch immer, irgendwann werde ich mir eine Pistole kaufen und mich umbringen. Ich fürchte nur, dass das noch vor dem Erwarteten sein wird.«

»Bist du dir bewusst, was du das sagst?!« rief Athanas. »Du Narr, für so etwas kommt man ins Gefängnis. Lass das! Was ist nur mit dir?« fragte Athanas, während Sophia ungläubig auf die beiden blickte.

»Nichts! Jetzt ist gar nichts mehr mit mir«, antwortete Jan und ging durch die Tür, Unruhe statt der Ruhe hinter sich zurücklassend, die ihn Stunden zuvor erwartet hatte.

…

Einige Stunden später klingelte im Haus von Jan, Sophia und Athanas das Telefon. Nach mehreren zustimmenden Antworten und nach zwei Warums und Wanns legte Sophia den Hörer auf und wandte sich zitternd Athanas zu.

»Das waren welche von der Behörde zur Verhinderung antistaatlicher und unschicklicher Kunst …« stammelte Sophia. »Die haben Jan verhaftet und noch ein paar Leute, die deutsche Klassiker ausgetauscht und etwas rezitiert haben. Etwas streng Verbotenes.«

»Ich wusste es!« rief Athanas. »Ich wusste, dass ihm so etwas passieren würde, schon seit damals, als ich diese Notizen unter seinem Bett gefunden habe.«

»Athanas, was wird aus unserem Bruder werden?« fragte Sophia unter Tränen. »Jetzt, als die sich gemeldet haben, haben sie fünf Monate strenge Haft erwähnt. Athanas, was ist das, strenge Haft? Was werden sie mit ihm machen?«

»Nichts Schlimmes, Schwester. Nichts Schmerzhaftes und nichts Ungewöhnliches. Soviel ich weiß, gibt es jetzt, mit den modernen Technologien, keine physische Misshandlung mehr. Ich habe gehört, dass die Strenge darin besteht, dass man ihnen vierundzwanzig Stunden am Tag Turbo-Pop-Musik und Reality-Shows vorspielt. Ja, das ist die ganze Strenge, glaub mir. Für solche wie Jan ist das wirklich schmerzhaft, aber in fünf Monaten ist er ein ganz normaler, gut erzogener mazedonischer junger Mann. Glaub mir!«

»Ich werde darum beten, dass diese Monate und Tage so schnell wie möglich vorbeigehen, dass wir unseren Jan sobald wie möglich wiedersehen. Gute Nacht, Bruder«, sagte Sophia und ging in ihr Zimmer.

✳ ✳ ✳

Feen schlafen nie

Seine Reise dauerte Monate lang. Tausende von Augenblicken allein mit sich selbst auf der Suche nach dem, wovon er glaubte, dass es die einzige Lösung für seine Probleme sei. Während er sich selbst erforschte, war er nicht mehr der Alte. Mit schwerem Schritt und gebrochenem Geist trat er in das Mansardenzimmer, das nach Zimt duftete. Und da war er nun. Nur wenige Schritte von dem entfernt, was er seine Rettung nannte. Nur einen halben Meter von der schönsten Frau entfernt, die er je gesehen hatte. Wirklich, ohne Übertreibung, ihre Schönheit war nicht von dieser Welt. An ihrer zarten Haut, zumindest an den langen Beinen, die das leichte Kleid entblößte, war nichts zu bemerken als vollkommene glatte Weiße. Ebenso war es mit ihren Händen, während sie eine lange, dünne Zigarette in der einen und ein großes Glas Weißwein in der anderen hielt. Ihr tadellos schwarzes Haar ließ den Zigarettenrauch heller erscheinen, und in ihrem Gesicht las man die gesamte bekannte Weisheit der lebendigen Welt. In halb liegender Stellung auf dem neuen Bett ruhend, erinnerte sie unwiderstehlich an eine auf ihrem Thron sitzende Königin. Der Schweiß auf seiner Stirn verriet die ganze Erregung und Ungewissheit, die von ihm ausgingen. Es fiel ihm nicht leicht zu beginnen. Voller Unruhe und Ungläubigkeit schaute er auf das Bild vor sich. Er war davon überzeugt, dass es ihm selbst in seinen verrücktesten Gedanken nicht gelingen würde, einen solchen Anblick zu ersinnen. Der Schnee schmolz auf dem Boden, doch er konnte nicht aufhören, stumm zu schauen. Es war höchste Zeit, dass jemand die Stille durchbrach.

»Willkommen«, sprach es ihn hinter der weißen Wolke an.

»Ich habe, ehrlich gesagt, nicht erwartet, dich jemals zu finden«, gab er zurück.

»Erwartungen sind etwas allzu Subjektives für einen Ort wie diesen. Aber das ist ein anderes Thema. Was willst du?«

»Ich weiß es nicht. Ich bin so weit gereist, dass ich schon vergessen habe, wohin ich aufgebrochen bin und was ich suche.«

»Wirklich?« fragte sie überrascht.

»Nun ja ... entweder das, oder ich bin wahrscheinlich betrunken aufgebrochen, und unterwegs hat mich der Schnee wieder nüchtern gemacht, so dass ich aus dem Nichts hierher gelangt bin.«

»Interessant«, schloss sie desinteressiert, während sie ihre Zigarette ausdrückte.

»Und du bist...?« fragte er sie erschrocken.

»Ich bin Mila. Die Leute glauben, dass ich die einzige Fee auf der nördlichen Halbkugel bin, und deshalb haben sie die komische Angewohnheit, mich ständig aufzusuchen. Deshalb ist meine Tür auch nie abgeschlossen. Und du bist?«

»Mein Name ist ganz unwichtig. Ja, jetzt erinnere ich mich, dass ich gerade zu dir wollte. Ja, Mila, die letzte Fee. Überaus weise und wunderschön. Es heißt, dass du alle Antworten kennst und dass du alle weisen Ratschläge besitzt.«

»Gut. Aber ich bin nicht das Thema unserer Unterhaltung. Ich schlage vor, dass du mir sagst, warum du hier bist, denn die Nacht ist kalt, und du hast einen weiten Heimweg.«

»Ich glaube, du weißt es, gute Fee.«

»Nein, ich weiß es nicht. Meinst du etwa, jemand, der alles wüsste, würde unter den Lebenden bleiben? Meinst du, jemand, der alles Wissen dieser Welt besäße, würde unter Menschen wohnen bleiben, die nur sehr wenig wissen? Ich glaube es nicht. Ich halte es für wahrscheinlicher, dass er sich vor Langeweile umbringen würde, da er nichts lernen könnte und ihn niemand überraschen könnte. Berichte mir bitte. Warum bist du hier?«

»Weil ich glaube, dass nur du mir helfen kannst«, er zog seinen Mantel aus und setzte sich neben sie. Er trommelte nervös mit den Händen, bevor er weitersprach. »Ich habe vor langer Zeit ein Buch geschrieben.«

»Aha! Ein Schriftsteller also!« unterbrach ihn Mila.

»Das würde ich nicht sagen«, gab er zurück. »Ein Buch macht einen noch nicht zum Schriftsteller.«

»Gut, wie du meinst. Sprich weiter, bitte.«

»Ja ... Ich habe einmal vor langer Zeit ein Buch geschrieben. Ich habe Stunden und Stunden damit zugebracht. Ich habe geschrieben, wieder durchgestrichen, gearbeitet, und am Ende ist ein ganz sympathisches Werk dabei herausgekommen. Damals war es mir sympathisch, es erschien mir als eine aufrichtige und völlig unaufdringliche Lektüre. Für mein damaliges Alter war ich recht begabt, so sagten die Kritiker. Sie sagten, vielleicht würde etwas aus mir werden. Und dass ich weiter schreiben solle.«

»Gut, und?« fragte Mila ungeduldig.

»Das Problem ist ... im Übrigen ist das nicht das Hauptproblem, aber das Problem ist, dass das, was ich damals geschrieben habe, kein gewöhnliches Buch ist.«

»Sondern?«

»Es ist meine gesamte Lebensprophezeiung.«

»Hahaha«, schrie Mila.

»Vielleicht wäre es richtiger, wenn du mir ernsthaft zuhören würdest«, sagte er mit Bitterkeit. »Also, ich fahre fort. Die Sache ist die, dass jetzt, nach sieben Jahren, schon ein gut Teil von dem Geschriebenen in Erfüllung gegangen ist. Und das alles macht mir große Angst.«

»Und was soll am Ende des Buches passieren?«

»Ich muss sterben. Genauer gesagt, ich muss in genau einem Jahr sterben.«

»Hm ... ziemlich problematisch. Und? Wie könnte ich dir da helfen?«

»Ich will ein neues Buch schreiben.«

»Na, schreib ruhig.«

»Ich hab's versucht. Ein ganzes Jahr lang habe ich Papier vollgekritzelt und bin nie über das erste Kapitel hinausgekommen, und jedes Mal ...«

»Gut ... wart' mal kurz«, unterbrach sie ihn. »Soviel ich begriffen habe, hast du dir nach einem Buch, das du vor einiger Zeit geschrieben hast, selbst prophezeit, dass du in einem Jahr von jetzt an sterben wirst. Und jetzt, ein Jahr vor deinem Tod, kommst du hierher, um dich darüber zu beklagen, dass du zu deinen Lebzeiten noch ein neues Buch schreiben willst. Ich begreife nicht ...«

»Ja. Ich will ein neues Buch schreiben. Ich glaube, dass dieses Buch ebenfalls ein prophetisches sein wird und dass ich am Ende nicht in einem Jahr sterben muss.«

»Aha, jetzt verstehe ich«, antwortete sie und trank von ihrem großen Glas Wein. »Und wie geht es mit dem Schreiben des neuen Buches voran?«

»Eben deshalb bin ich ja gekommen. Glaub mir, Mila, ich habe alles probiert, was zu probieren lohnend erschien. Ich habe meinen Arbeitsplatz gekündigt, ich habe mein Haus verkauft und bin an den Stadtrand einer Kleinstadt gezogen. Ich habe verschiedene Kombinationen von Pflanzen und Alkohol probiert. In letzter Zeit spreche ich sogar mit niemandem mehr. Ich dachte, dass mir Gespräche nur Zeit für die Geschichten stehlen würden, und habe mich ganz dem Gespräch mit mir selbst gewidmet. Und ich habe gut daran getan. Ich war leer, aber glücklich. Doch auch das hat nichts genützt. Die Gedanken verfliegen mir zu schnell. Die Worte, die ich schreibe, fügen sich nicht zusammen. Ich habe keine Geschichte. Ich habe auch kein Bild. Alles ist umsonst. Und ich kann es nicht länger ertragen, ein leeres Leben zu führen.«

»Nun, und wo bin ich bei all dem?«

»Na, noch bist du nicht dabei. Aber du kannst es. Nach einem Jahr des Erörterns mit mir selbst habe ich erkannt, dass meine einzige Chance darin besteht, dass es mir gelingt, etwas zu schreiben und eine Muse zu finden. Und zwar nicht irgendeine, sondern dich zu finden. Und jetzt, wo ich dich gefunden habe, bin ich mir völlig sicher, dass du meine Muse sein musst.«

»Erstens habe ich viele leere Leben gesehen, aber deins ist keines von denen. Schließlich besteht der Unterschied zwischen einem leeren und einem erfüllten Leben darin, wie schnell und wie gut man es schafft, seinen Träumen Rechnung zu tragen. Zweitens brauchtest du das mit der Muse gar nicht. Im Grunde brauchst du mich nicht. Wir Feen sind weise, schön und ewig jung, aber was wir nicht sind und nie sein werden, das sind Musen.«

»Wirklich?« fragte er skeptisch. »Unwahrscheinlich!«

»Meinst du etwa, du wärst der Erste, der so etwas von mir verlangt? Wie viele sind schon vor dir gekommen und wollten dasselbe. Wie viele verlorene Seelen haben schon von uns verlangt, ihnen Rettung zu bieten, und immer sagten sie dabei, es gehe um irgendwelche höheren Ziele. Nein. Nein, als Muse musst du dir irgendeine irdische Schönheit suchen und nicht ein Wesen, von dem die meisten glauben, dass es gar nicht existiert. Im Übrigen ist heute ein schlechtes Karma dafür, jemandes Muse zu sein. Es tut mir leid.«

»Aber was soll ich denn tun? Habe ich jetzt meine letzte Chance verloren?«

»Nein«, antwortete sie knapp. »Du hast immer noch Zeit, jemanden zu finden, der deine Muse sein wird. Und ich glaube, dass es dir gelingen wird, das Buch zu schreiben. Jetzt gebe ich dir den Rat, dich auszuruhen und morgen früh loszuziehen, um deine Muse zu finden. Bestimmt wartet sie irgendwo auf dich.«

»Ja … ich werde mich ein bisschen hinlegen …« antwortete er und machte es sich auf dem alten, doch bequemen Stuhl gemütlich. »Du schläfst nicht?«

»Nein. Feen schlafen nie«, antwortete sie und löschte das Licht.

Einige Augenblicke später öffnete sich die Tür des Raumes langsam, und das Licht ging wieder an. Vor der Tür standen mehrere Leute, die auf das Zimmer wiesen.

»Liebe Kollegen«, wandte sich ein hochgewachsener, glatzköpfiger Mann im weißen Kittel an die anderen. »Was Sie hier sehen, ist ein Patient, der ein wirklich interessanter Fall ist. Der Mann leidet an mehreren Syndromen zugleich. Er behauptet nämlich von sich, er sei ein Schriftsteller, der seinen eigenen Tod festgelegt habe.«

»Und stimmt das tatsächlich?« fragte eine junge Frau aus dem Hintergrund.

»Nein, Frau Kollegin. Man hat ihn hierher gebracht, um ihn von seiner Alkoholabhängigkeit zu kurieren.«

»Und warum schläft er auf dem Stuhl?« fragte noch jemand aus der Gruppe.

»Weil, wie er sagt, auf dem Bett irgendeine Fee schläft. Ich nehme an, es ist dieselbe, von der er jeden Abend verlangt, dass sie seine Muse wird. Ein wirklich interessanter Fall zur Beobachtung. Schade, dass er nächste Woche in eine renommierte Anstalt in der Hauptstadt überführt wird. Wir verfügen nicht über die Kapazitäten, um herauszufinden, was ihm in Wirklichkeit fehlt.«

Abseits...
(Nachwort von Bernd E. Scholz)

Literatur ist Wahrnehmung der Realität durch künstlerisch geformte Sprache. Sie gibt den Dingen, den Verhältnissen, den Verhaltensweisen, den psychischen Motiven einen allgemeinverständlichen Namen. Das Nicht- oder nur unzureichend Wahrnehmbare wird benannt und dadurch erzählbar. Die Erzählbarkeit der Welt macht aus ihr einen für Menschen bewohnbaren Ort, weil Menschen zu Menschen in einer ihnen verständlichen Sprache sprechen. Sprache ist die ureigenste Ausdrucksform des menschlichen Geistes. Sprachverlust führt zu Orientierungsverlust; wird ein ganzes Volk, ein ganzer Kontinent davon befallen, sprechen wir von Anomie, ein griechisches Kunstwort, das den zu Gesetzlosigkeit tendierenden Geisteszustand einer verstummenden Gattung Mensch bezeichnet. Nicht ohne Grund heißt es daher auch, dass die Gewalt stumm sei. Befinden sich Europa und die Welt demnach in einem Zustand progressiver Anomie?

In Deutschland hat man den Geist und mit ihm die Literatur dorthin ausgelagert, wo sie die wirtschaftlichen Abläufe am wenigsten zu stören scheinen – in die Geisteswissenschaften. (Wer millionenfach Autos produziert, Autobahnen quer durch Europa verlegt, soll dabei nicht über sich selbst nachdenken.)

Deshalb sprechen wir auch wie Rudolf Alexander Schröder in seinen Überlegungen zu Pfingsten 1951 von der »Macht und Ohnmacht des Geistes«.

»Wo man meint, ihn [den Geist] zu benötigen, wird er missbraucht und mit seiner Freiheit seines Wesens beraubt. Auch in früheren Zeiten haben weltliche und geistliche Gewaltherrscher ihre Scheinsiege über den Geist erfochten und seine Ohnmacht aller Welt vor Augen gestellt. Scheinbare Schwächen des Geistes, zum Beispiel das, was wir Heutigen **seinen Mangel an Ausweispapieren** nennen würden, laden immer wieder zu solcher Vergewaltigung ein.« [Hervorhebung von mir, BES.]

Anderenorts rechnet man die Literatur den »Humanwissenschaften« zu, also den Wissenschaften vom Menschen und seiner Zivilisation, weshalb man dort im Erscheinen begabter ›Namengeber‹ auch die höchste zivilisatorische Errungenschaft sieht.

Abseits der Balkanroute, die heute (im Herbst 2016) in aller Munde ist, bedeutet, so wie wir es verstehen, hin zu den leisen Stimmen abseits der Lärmpegel der Autobahnen, weit weg also von den oft falschen Propheten – aus Brüssel, Berlin oder Paris, weit weg von den durch sie zubetonierten »paneuropäischen« Korridoren, den mautbewehrten Trassen, und noch weiter weg von den Machinationen der EU-Erweiterungskommissare. Wir selbst befinden uns mit der Ausrichtung auf ein geistiges Erzeugnis jenseits der Routen und Korridore. Unser griechischer ›Diadrom‹ beginnt bei Homer, der mazedonische ›Avtopat‹ bei Kyrill und Method, der serbo-kroatische ›Autoput‹, dieser einstige südslawische Weg »der Brüderlichkeit und Einigkeit« beim Freund der Brüder Grimm, dem Serben Vuk Karadžić, dem Heinrich Heine der Vojvodina Branko Radičević, in dessen Lieblingswald, der Fruška Gora, mich eine kleine Tafel als Studenten 1967 daran erinnerte, wo ich herkam: „Hier erschoss die SS im Sommer 1941... « (Wie oft sollte ich solchen Tafeln noch begegnen.)

Es geht uns um einen begabten jungen mazedonischen Autor, der sich selbst als »lost generation« versteht, und hier insbesondere um seine Kurzprosa. Im zeitgemäßen ›Facebook-Format‹ – maximal bis zu 3600 Zeichen Text... Und ziemlich lange müssen wir dann lesen, bis uns der Erzähler einen konkreten Hinweis gibt, der es uns erlaubt, die Geschehnisse dem Lebensraum des Autors zuzuordnen. Das Erzählte selber ist lokal unbegrenzt – räumlich wie zeitlich.

Mit Kurzprosa begann 1882 schon der junge Anton Tschechow (»Die Kürze ist die Schwester des Talents«, Brief vom 11.April 1889). Bei ihm hieß es noch »Humoreske«, »Kurzgeschichte« – schlecht bezahlt im Feuilleton der Petersburger Tageszeitung »Neue Zeit«, der nichts suspekter war als eben diese neue Zeit. Allgegenwärtig auch hier die politische wie geistliche Zensur, die es mit Humor und der realistischen List der Vernunft zu umgehen galt – jeden Tag von Neuem. Und allgegenwärtig auch hier bereits die Angst vor dem gewaltbereiten Einzeltäter, auch damals bereits Terrorist genannt. Doch kein Terrorist, der von Außen eindringt, sich im Karteisystem des Geheimdienstes erfassen lässt, sondern bei Gjorgjevski ein einfacher und verdienter Bühnenwart im Theater ist es, einer von uns also, der durch seine Tat offen legt, dass ihm die gesellschaftlichen Verhältnisse unerträglich geworden sind. Diese Innensicht aufzudecken, die Triebkräfte darzulegen, die ihn zum mörderischen Handeln drängen, vermag allein die »schöne Literatur«, die »Belletristik«.

Dabei überrascht Gjorgjevskis tiefe Verwurzelung im Humanismus der realistischen russischen Erzählliteratur auf höchst sympathische Weise und lässt uns noch einmal an Tschechow denken, der 1888 seine gesellschaftliche Rolle als Schriftsteller in einem Brief festhält:

»Ich glaube nicht, dass Schriftsteller solche Fragen wie Pessimismus, Gott usw. klären sollten. Sache des Schriftstellers ist es darzustellen, wer, wie und unter welchen Umständen über Gott und den Pessimismus gesprochen oder gedacht hat. Der Künstler soll nicht Richter seiner Personen und ihrer Gespräche sein, sondern nur ein leidenschaftsloser Zeuge. **Beurteilen werden es die Geschworenen, das heißt die Leser.** Meine Sache ist nur, Talent zu haben, das heißt die Fähigkeit zu besitzen, die wichtigen Äußerungen von den unwichtigen zu unterscheiden, Figuren zu beleuchten und ihre Sprache zu sprechen.« (Hervorhebung von mir, BES)

Sich seiner selbst bewusst werden, Selbstreflexion in ihrer reinsten Form – der sokratischen Sentenz. Der junge mazedonische Erzähler wird uns zum Vorbild in dieser »Schule des Dialogs der Kulturen«, wie der russische Philosoph Vladimir Bibler sie begründet hat, auf dem Weg zu einem »erkenne Dich selbst«, dieser ureigensten Form geistigen europäischen Seins. Davon leitete sich einst auch ein europäischer Humanismus ab, von dem der russische Dichter mit dem deutschen Namen Alexander Blok 1919, unmittelbar nach dem 1. Weltkrieg also, nur noch dessen »Zusammenbruch« feststellen konnte. Blok, der Wagnerverehrer, sagte, er höre keine Musik mehr...

Gehen wir also mitten hinein mit dem ›Kanu des Wortes‹ in die Wildwasser des Balkans, mag er »westlich« sein oder sonst wohin reichen, meinetwegen bis zu den Eskimos nördlich der Sonne ... Denn bis dorthin reicht mittlerweile der scheinbar stumme Menschenzug, der irgendwo von den Wassern des Euphrats aufgebrochen war, um zu retten, was gerade noch zu retten war, das nackte menschliche Leben. Da ist es schon viel, dass es Einer noch schafft, den Dingen einen Namen zu geben, innerpsychische (Zerfalls-)Prozesse aus ihrer Sprachlosigkeit zu befreien, vor der vermeintlich befreienden Tat mit wenigen zutreffenden Worten die Szenerien zu erhellen und so vielleicht einen Perspektivwechsel zu ermöglichen, der eigenen Ohnmacht entgegen zu wirken, der sanften Macht des erzählerischen Duktus folgend allgemeinmenschliche, existenzielle Grundsituationen mit den Mitteln erzählerischer Reflexion zu erhellen und somit hartnäckig staatlich und überstaatlich verursachter und bewusst unregulierter Anomie entgegenzuwirken.

Wer einen Titel für ein Buch suchen muss, ist nicht zu beneiden. Sucht er doch etwas, das möglichst in einem Wort das gesamte Buch enthält. Die knappst mögliche Mitteilung für Leser und Öffentlichkeit. Ein weithin hörbares Signal also. Gerne hätten wir daher den Originaltitel übernommen, aber »Nördlich der Sonne« war schon vergeben. Und in Deutschland gilt »Titelschutz«. Außerdem bezieht sich bei uns »nördlich der Sonne« auf Gebiete irgendwo am nördlichen Polarkreis. Da der heute 30-jährige Erzähler dabei in dieser Erzählung selber den Blick auf seine Heimatstadt Skopje richtet, die in ihrem Landeswappen die Strahlen der Sonne birgt, scheidet »nördlich« also aus. Der mazedonische Leser muss sich hier eher mit landesuntypischen deutschen Lehnwörtern wie »Barock, Schund und Kitsch« anfreunden, die ihm der Erzähler kurz und trocken als charakteristische Merkmale wesentlicher Teile des neuen Skopje vorhält. Kaum wird ihm bewusst sein, dass im November 2013 der »nationale Umbau« seiner Hauptstadt von meinungsbildenden Pressemagazinen mit diesen Ausdrücken belegt worden ist – »Schund, Kitsch« (SPIEGEL, 12.11.2013).

»All diese Orte, die einmal Glück bedeutet haben, sind heute Friedhöfe von Erinnerungen, bedeckt mit düsteren Gespenstern aus Wellblech, verziert mit Staub und bis zur Unkenntlichkeit verändert. Meine Stadt, früher warst Du Liebe, jetzt bist Du nur noch eine Strafe. [...] Ich hätte nie gedacht, dass Du dich statt mit mir jetzt mit Barock, Kitsch und Schund abgeben würdest.« (Hier S. 48)

Und überhaupt: Im Dezember 2013 findet sich der bekannte Altmeister der mazedonischen Literatur, Vlada Urošević, von der umtriebigsten deutschen Literaturkritikerin Elke Schmitter – wieder im SPIEGEL – in diesen »toten Winkel« Europas verbannt (oder vielleicht doch eher aus ihm hervorgeholt?).

Das mochte 2013 noch als ungeschickte Metapher durchgehen – heute nennen wir eine solche Betrachtungsweise »postfaktisch«, was nichts anderes heißen soll als »durch die Tatsachen nicht erhärtet« –, geographisch-politisch betrachtet war es also falsch. Und doch vielsagend. Nach der Zerschlagung Jugoslawiens – diejenigen, die es zerschlagen haben, angeblich um es zu befrieden, sprechen heute lieber von »Zerfall«.

Und ebenfalls heute, am 24.09.2016, fordert ein »Balkangipfel« in Wien »die völlige Schließung der Balkanroute«. Als ob da irgendwo irgendjemand in einem Maut- oder Zollhäuschen säße, der diese Route einfach nach Lust und Laune auf- und zuschließen könnte.

Und hat nicht die Europäische Gemeinschaft genügend

investiert, investieren lassen, um diese Route möglichst »barrierefrei« für alle Güter dieser Erde durchgängig zu machen? Von Bergen in Norwegen bis Aleppo in Syrien? Auch an militärischem Einsatz und überquellender Lieferung von kriegerischen Gerätschaften hat es wahrlich nicht gefehlt. Laut einem Beschluss des Deutschen Bundestages im Sommer 2015 wurde das Kosovomandat der Bundeswehr erneuert, das bis dato schon 16 Jahre währte und an die vier Milliarden Euro gekostet haben soll. Der Bundestagsabgeordnete der Grünen, Dr. Tobias Lindner, vier Jahre älter als Branislav Gjorgjevski, zeigte sich bei Abgabe seiner JA-Stimme verwundert: »Dieser Bundeswehr-Einsatz dauert fast die Hälfte meines Lebens«. Zu vertieften Einsichten könnte ihm vielleicht ein ›Rollentausch‹ mit Branislav Gjorgjevski verhelfen – Lindner als Beobachter der Bundeswehr, wie sie auf dem größten Truppenübungsplatz des Balkans (Krivolak) im östlichen Teil von Zentralmazedonien und zusammen mit anderen NATO-Truppen Krieg übt – mit einem garantierten mazedonischen Grundeinkommen von 150 Euro (monatlich), und Gjorgjevski als Schriftsteller in Berlin mit dem garantierten Grundeinkommen eines Mitglieds des Verteidigungsausschusses des Deutschen Bundestags (sechs bis acht tausend Euro monatlich).

Die politbürokratischen Schlagworte zu Mazedonien in deutschsprachigen Medien sind leicht zusammengestellt, ganz zu schweigen von soliden landeskundlichen Daten, jedenfalls solange es noch ein Internet für jedermann gibt, in dem sich diese auffinden lassen. Hier eine Auswahl: gefährliche Sackgasse, autoritäre Halbdemokratie; Medien-(un)freiheit in Südosteuropa, Staatskrise, Land in Auflö-

sung, Mafia-Staat, Frontstaat gegen Flüchtlinge, Jugend-
revolte, EU- und NATO-Beitritt, Frontex-Einsatz, Balkangipfel, Balkanroute noch dichter machen, Balkanroute
nicht dicht machen, lost in Transition, Truppenübungsplatz Krivolak, Rechtsstaatlichkeitsmissionen der Europäischen Union, Eulex, Camp Bondsteel ... ...

Der russische Dichter Velimir Chlebnikov hat eine solche Sprache, die überdies durchsetzt ist von zahlreichen
Abkürzungen, 1920 als »Vogelsprache« bezeichnet.

MAZEDONIEN, seit 1991 unabhängig, FYROM (Former
Yugoslav Republic of Macedonia, EJRM (Ehemalige Jugo-
slawische Republik Mazedonien), ein Land von der Größe
des Bundeslandes Hessen, hat »eine der schwächsten
Volkswirtschaften Europas und befindet sich in einem
Transformierungsprozess, sowohl wirtschaftlich als auch
politisch« (de.wikipedia). Bei Gjorgjevski wird klinisch-
konkret wie übertragend aus der Transformation des alten
in den neuen ›homo oeconomicus Europeanus‹ etwas To-
xisch-Lethales: »Es ist ein schwerer Asbest hier«.

Das Sinnbild menschlicher Existenz in postnuklearer Er-
denendzeit ist der Stalker in dem gleichnamigen Film des
russischen Regisseurs Andrej Tarkovskij (1978/79). Der Stalker ist jemand, der sich seinen Weg durch unbewohnbare,
das heißt für die Dauer der Menschheitsgeschichte nicht
wiederbelebbare »Zonen« hindurch zu ertasten sucht. Jemand, der »Abseits« des Unbelebbaren vielleicht auch irgendwo und irgendwie »dazwischen« umherirrt, ohne Aussicht wie bei Gjorgjevski auf einen »Silbersee«, dessen seltsame Algen den Tod vom Schreibenden nur fernhalten, solange er am See verweilt, der aber sterben muss, sobald er
sich von ihm entfernt.

Die selbst geschaffenen »Fegefeuer« der Menschheit sind vielfältig und unabsehbar.

Der existenzielle Ausgangspunkt des heute (2016) Dreißigjährigen ist seine nach dem Jugoslawienkrieg seiner Kindheitsjahre (die 1990-er Jahre) mit Nuklearstaub von abgereicherten Uran belastete Heimaterde. Erzählend wehrt er sich dagegen, dass aus seiner Generation eine Generation von Stalkern wird, für die er das Epitaph im Frühjahr 2015 eigentlich schon geschrieben hatte.

»Meine Generation, in der zweiten Hälfte der 80-er Jahre des vergangenen Jahrhunderts (1985-90) geboren. Menschen, geboren vielleicht in der progressivsten Periode, unmittelbar vor dem Zerfall der ehemaligen Föderation. Eine Generation, die im Sozialismus geboren, in der Übergangsphase erzogen wurde und im Kapitalismus funktionieren sollte. Im Unterschied zu den vorhergehenden war meine Generation zu jung, um die Schrecken der gesellschaftlichen Reformierung zu erfassen, doch zugleich vollkommen bereit, sich auf diese ganze technologische Blüte einzulassen. Wir sollten eine Generation sein, die eine neue Welle von Ideen mit sich brachte, völlig im Einklang mit den zeitgenössischen westlichen Werten. Doch stattdessen hat meine Generation ihre Fähigkeiten auf die Bedürfnisse der westlichen Zivilisation abgestimmt. Im Westen und nicht hier, versteht sich. Meine Generation ist heute von Hoffnungslosigkeit und Gleichgültigkeit okkupiert. Meine Generation tut heute alles, außer an einer besseren Zukunft zu bauen. Meine Generation arbeitet heute auf Schiffen, in McDonalds-Filialen, wechselt Asbesttafeln aus und legt Fliesen auf jedem Meridian von hier bis Kalifornien. Es gibt auch solche, die an angesehenen höheren Bildungsinstitutionen lehren und verantwortliche Aufgaben in renommierten Einrichtungen wahrnehmen. Hier, in dieser unserer Heimat, lebt meine Generation auf Sparflamme. Sie verbraucht ihre Leben von heute auf morgen. Sie träumt von besseren Tagen, während sie darauf wartet, dass ihr jemand einen Brosamen zuwirft, von dem dieser jemand denkt, dass er ausreichend sei. Sie träumt von einer festen Arbeitsstelle, während sie das Antragsformular für eine dauerhafte Aufenthaltserlaubnis in irgendeinem anderen Land ausfüllt. [...] Als ich in diesen Tagen die besetzten Fakultäten besuchte, sah ich eine Generation oder wenigstens einen soliden Teil einer Generation, die nicht unter den Umständen leben will, die meine Generation zugelassen hat. Ich sah eine Generation, der das Sicheinsetzen für das eigene Land wichtiger ist als Green Cards und Auswanderungsvisa. [...] Mögen diese Menschen nach uns das zurückerobern, was uns nicht zu verteidigen gelungen ist. Mögen sie Wissen und Werte okkupieren, anstatt es zuzulassen, dass sie selbst von Mittelmäßigkeit und Maulheldentum okkupiert werden.« (Aus dem Mazedonischen von Erika Beermann, »Die okkupierte Generation«, gjorgjevski.blogspot.de)

23 Kurzgeschichten abseits der Balkanroute also, doch sie treffen mitten hinein ins Herz Europas.

* * *

Zum Autor

BRANISLAV GJORGJEVSKI wurde im Jahre 1986 in der mazedonischen Hauptstadt Skopje geboren. 2009 hat er an der dortigen Juristischen Fakultät sein Studium im Fachgebiet Journalismus abgeschlossen. 2010 gehörte seine Erzählung »Etwas wie Liebe« zu den zehn ausgezeichneten Erzählungen des regionalen Literaturwettbewerbs »Das Wort im Raum«, der Teil der traditionell in Belgrad veranstalteten »Aprilbegegnungen« ist. Bereits 2012 hat er eine erste Sammlung von Erzählungen veröffentlicht: »All diese Gegenden«.

Inhalt

Acknowledgements

No part of this book may be reproduced, stored in retrieval system,
or transmitted in any form or by any means, electronic, mechanical,
photocopying, microfilming, recording, or otherwise,
without prior permission from
Bernd E. Scholz.
This applies in particular to reproduction, distribution,
performance, alteration, translation, microfilming and storage and/or
processing in electronic systems, including databases and
online services.

Kein Teil dieses Buchs darf ohne vorherige schriftliche Zustimmung von
Bernd E. Scholz
in irgendeiner Form durch Fotokopie, Mikrofilm oder andere Verfahren
reproduziert oder unter Verwendung elektronischer Systeme
verarbeitet,
vervielfältigt oder verbreitet werden. Das gilt insbesondere für
Vervielfältigung, Aufführung, Verbreitung, Bearbeitung, Übersetzung,
Mikroverfilmung und die Einspeicherung
und/oder Verarbeitung in elektronischen Systemen.

ALL RIGHTS OF THE GERMAN EDITION ARE EXPRESSLY RESERVED
BY
© 2016 Bernd E. Scholz • D-35096 Weimar (Lahn) • Germany
(http://www.bernd-von-der-walge.de)

Redaktion, Satz und Design by BERND E. SCHOLZ

Übersetzt wurde aus dem Mazedonischen von
ERIKA BEERMANN (eMail: erika-beermann@gmx.de)
Nach:
BRANISLAV GJORGJEVSKI
Severno od sonceto. [Nördlich der Sonne]
Skopje: »Akademski pečat«, 2015, 124 S.
(ISBN 978-608-231-150-0)

2016 Printed by CreateSpace, An Amazon.com Company
Available on Kindle and other devices

Als »Kindle eBook« (B01M2XALTQ) oder
»Book on demand« (392638588X) bestellbar bei
http://www.amazon.de

ISBN 978-3-926385-88-8 (Bernd E. Scholz)

www.ingramcontent.com/pod-product-compliance
Lightning Source LLC
Chambersburg PA
CBHW020743130626
46554CB00006B/2120